艶距離恋愛がいい！

霧原一輝

双葉文庫

目次

艶距離《えんきょり》恋愛がいい！

第一章　白鷺城《しらさぎじょう》と未亡人

1

今井章介《いまいしょうすけ》は出張で、新幹線『のぞみ』に乗って大阪に向かっていた。

章介は全国にチェーン店を持つNドラッグ東京本社の経理部で課長をしている。四十八歳の働き盛りということもあって、各支店を精力的に回り、経理がきちんと行われているかをチェックするのが主な仕事である。

Nドラッグの支店が西日本方面に集中しているせいもあって、中部地方以西の都市への出張が多い。

経理というと、一般的には内勤というイメージが強いだろう。しかし、社外に出て全国を飛びまわるこういう仕事もあるのだ。

これはまた、章介自身が望んだことでもあった。経理担当は几帳面《きちょうめん》さと根気強さが求められるが、章介はどちらかというと自由を好む。したがって、経理チェックで各地を転々とするのは性に合っていた。

章介はヘビースモーカーでもあった。

東京から新大阪へと向かう車内での二時間半が我慢できない。

この日も名古屋《なごや》駅を過ぎるあたりにはもう限界を越え、近くの喫煙ルームに向かった。

(この一服がたまらんのだよ)

最初の一本目を吹かしているとき、喫煙ルームに女性が入ってきて、章介の隣で煙草《たばこ》を取り出した。

スリムなメンソールを口に咥《くわ》えて、お洒落《しゃれ》なライターで火を点《つ》け、美味しそうに吸って、紫煙を吐き出す。

その横顔を見たとき、隣の座席の女性だと気づいた。

この新幹線はほぼ満席状態で、二人席の通路側の章介の隣席に、女性が座っていた。

ぱっと見できれいな人だと感じて、章介は落ち着かなかった。

その彼女が喫煙ルームにやってきたのだ。おそらく、通路側の自分がいなくなったので、今がチャンスだと思ったのだろう。

（まさか、この人が煙草を吸うとはな……）

最近、喫煙者は少なくなったが、とくに女性はその傾向が顕著《けんちょ》だった。だから、非常に珍しい。

彼女は章介とは目を合わせないようにして、窓外を後ろに飛んでいく景色を眺めながら、唇を尖《とが》らせて白い煙を少しずつ吐き出している。

その横顔に魅了された。

三十路《みそじ》を迎えたあたりだろうか、ミドルレングスの髪形をしていて、目鼻立ちのととのった美人で、アーモンド形の目は大きく、鼻筋が通っている。唇は厚めで、目の下の大きな涙堂《るいどう》と相まって、感情の豊かさを感じさせた。

美人だがやさしげで、どちらかというと癒《いや》し系だろう。

コートをはおっているが、その下に見える白いニットを突きあげた胸のふくらみは立派である。

偶然隣の席で、しかも二人ともヘビースモーカー――。

これは何かの縁があるに違いない。

それに、章介は妻と五年前に離婚して、今は独り。したがって、女性に関してはフリーである。思い切って、声をかけた。

「あの……確か、隣の席の方ですよね？」

「あ、ああ……はい。やはり、隣に座っていた……そうじゃないかと思っていました」

彼女が笑顔を作った。

見た目はきりっとして冷たい感じもあったが、こうして会話を交わすと、とても温かい表情になる。俄然《がぜん》興味を持った。

「われわれ喫煙者にはつらい時代になりましたね」

「ほんとうに……以前は新幹線にも喫煙車がありました」

「そうでしたね。今考えると懐かしい。もっと昔には、映画館でも映画見ながら煙草の煙がもくもくとあがっていたそうですよ」

「時代は変わりましたね」

「われわれ喫煙者はどんどん住みにくくなっている」

「ですね……それでも、やめられないんですよ」

「私もです」

「わたしが煙草を吸う人間だと知ると、意外な顔をする方が多いんですよ」

彼女が言って、景色を見ながら煙草を吹かした。

ほっそりとした人差し指と中指の間にはさまれた細い煙草が、メンソール特有の甘いハッカの香りを放っている。

「確かに、ぱっと見では喫煙するようには見えませんものね」

「そうみたいですね。でも、わたし、見た目とは違ってすごくせっかちで、イライラしがちなんです。ついつい吸ってしまいますね。紛《まぎ》らわせるものがなくて……でも、甘いものはダメなんですが、お酒は好きなんですよ。ウイスキーを呑《の》みながら、美味しい煙草を吸っていると、至福といいますか……」

「ああ、わかります。とくにアイラウイスキーとかね」

「ああ、はい……アイラウイスキー、大好きです」

「趣味が合いますね」

こうなると、もっと距離を詰めたくなった。

喫煙者は少数派であることによって、連帯感が持てるからいい。

「失礼ですが、どちらまで？」

「姫路《ひめじ》です」

「じゃあ、私は新大阪で降りますから、二つ向こうですね。出張なんですよ。こういう者です」

怪しく思われる前に、会社の名刺を出した。

「ああ、あのドラッグストアの……本社の経理部の課長さんですか」

彼女は興味を持ってくれたようだった。

「ええ……チェーン店の経理をチェックするために、全国を飛びまわっています」

「いまいしょうすけ――さんで、よろしいんですか？」

「はい……ありふれた名前でしょ？」

「いえいえ……あっ、失礼しました。わたしはこういう者です」

彼女も名刺を差し出した。

名刺の肩書きには、ブティック『Ｍｉｅｃｏ』代表とあり、藤田美詠子《ふじたみえこ》という名前が記してあった。

「お店の代表ですか。すごいじゃないですか！」

「いえ、いえ……姫路でセレクトショップを開いているんですが、わたしを含めて従業員二名の小さな店ですから。今日は東京に買い出しに行ったんですよ」

「ああ、なるほど……この住所は……確か、姫路駅と姫路城を結ぶ道路の近くですね」

「はい、よくご存じで。それでうちは、お城にちなんで白鷺《しらさぎ》をテーマにしたアクセサリーも多いんですよ。じつは、それがいちばん売れているんです」

美詠子が明るく笑った。

「以前、あのへんに行ったことがあるんです。夜になると、姫路城がライトアップされて、とても幻想的で、好きでした。そうか……あの姫路城に向かって一直線に延びる道路沿いですね」

「はい……お時間がありましたら、ぜひ店を訪ねていらしてください。男物も少しですがありますし、女性へのお土産品もありますので」

「まあ、女性へのお土産は要《い》りませんけどね……じつは、バツイチで、ガールフレンドもいないので、お土産はいらないんです」

つい、必要のないことまで話していた。すると、美詠子がどう答えていいものかわからないといった顔をした。

「ああ、でも、行きますよ。その白鷺のアクセサリーとか面白そうだ」

「ぜひ、お待ちしております」

「さっきから人が待っていますね」

喫煙ルームは二人でいっぱいだ。両側についているが、それでも、あふれた喫煙者は外で順番を待つことになる。

「出ましょうか?」

章介が吸っていた煙草を押しつぶして消すと、美詠子も同じように煙草を消した。

章介について、美詠子も喫煙ルームを出た。

2

翌日の夕方、大阪での仕事を終えて、章介は姫路へと向かった。

姫路へは大阪から快速電車に乗れば、一時間ほどで着く。

章介の心は弾《はず》んでいた。美詠子のスマホに連絡を入れたところ、閉店時間の午後七時まで店にいると言う。

幸い、美詠子の対応にいやがっている様子はなかった。

姫路駅に到着し、北口に出た。姫路城に向かってまっすぐに延びる大手門《おおてもん》通りに立つと、茜色《あかねいろ》に燃えた夕焼けをバックに、姫路城がライトアップされて白く浮かびあがっていた。

雲を橙色《だいだいいろ》に染める夕焼け空に姫路城の五層の白い壁や破風《はふ》が映えた。

道路のところどころに設置された信号の赤や青の色が目立つ。行き交う自動車のライトやテールランプ、そして、歩道を行く人々の群れ——。

（やっぱり好きだな、この街は……）

姫路城に向かって右側の歩道を歩いていくと、右に入った路地に大衆的な飲み屋が軒を連ねていて、すでに酔っ払った男の声がする。

（こういうのも、いいよな……）

地図アプリで店をさがしながらさらに歩いていくと、雑居ビルの一階にブティック『Ｍｉｅｃｏ』があった。

（これだな。狭いけど、地の利はあるな）

ドアを開けて入っていく。

店内には様々な服がかけてあり、白鷺をメインとしたアクセサリーも豊富にあるようだ。

レジの前の藤田美詠子と目が合った。

「今井さん！」

満面に笑みを浮かべた美詠子が近づいてきて、

「ほんとうにきてくださったんですね。ありがとうございます！」

章介の右手を両手でつかんで、深々と頭をさげた。顔をあげたときのきらきらした大きな瞳に舞いあがりそうになった。

「ああ、はい……仕事が時間どおりに終わったので、姫路の街自体も好きですし……ご迷惑かとも思ったのですが押しかけてきました」

「いえいえ、訪ねてきていただいて、とてもうれしいです。店はそろそろ閉めますから、もしお時間があるなら、お食事でも……」

「いいですねぇ。では、その前に何か買わせていただきます」

章介はいろいろとさがして、白鷺の文房具と装飾品を幾つか買った。少しして午後七時の閉店の時間になり、章介が先に出て、美詠子を待った。

すぐに美詠子がやってきた。

「姫路城は行かれましたか？」

「いえ、今日は」

「でしたら、行きましょう」

「でも、閉まっているんじゃ？」

「お城の前の三《さん》の丸広場《まるひろば》はずっと開いているんですよ。ライトアップされた白鷺城を間近で見られて、きれいですよ」

「それじゃあ、行ってみましょう」

二人はゆっくりと姫路城に向かう。

散歩しながら、訊《き》いた。

「あの、お家のほうは大丈夫なんですか？　急だったので」

「家には誰もいないんですよ」

「えっ……？」

「三年前に夫を亡くしました。だから、現在、三十二歳の女ヤモメです。あの店は、じつは夫が健在だった頃は和菓子屋をやっていて……夫は和菓子職人でした。夫が亡くなって、和菓子屋ができなくなったので、セレクトショップに変えました。わたしにできるのは、服飾関係しかなかったんです。今もあまり売れていないんですよ。あっ、ゴメンなさい。どうしてかしら、今井さんを前にすると何でも喋ってしまう。危ないですね」

美詠子が微笑《ほほえ》む。

「危ないですかね？」

「ええ……危ないわ。そんな気がします」

その横顔を見ていると、体の底で何かがざわつく。

ワンピースにコートをはおっていて、髪はさらさらのミドルレングス。明るくて積極的だが、どこか脆《もろ》そうで、その、弱さを見せずに突っ張っているようなところに惹《ひ》かれてしまう。

二人はお互いのことを喋りながら、お堀の橋を渡って、姫路城の大手門を潜《くぐ》った。ここには三の丸広場があって、城が閉まっても、二十四時間開放されており、気軽に入ったり、通過できるのだと言う。

「ほら、ここからなら、ライトアップされた姫路城がよく見えるでしょ。撮影スポットなんですよ」

「じゃあ、撮らせていただきます」

章介はスマホを取り出して、姫路城を撮った。

仰ぎ見る形だが、夜空に白いスポットライトで下から煽《あお》られた白鷺城が幻想的に浮かびあがっている。

「もう少し、斜めから撮ったほうが、立体感が出るんですよ」

美詠子が言うので、奥へと歩き、立体的な白鷺城を撮った。

「どうですか？」

「ああ、はい……いいのが撮れました」

章介が写真を見せると、

「お上手です」

美詠子が微笑んだ。

「コーチがいいから……お腹が空きましたね。駅のほうに行きますか？」

「そうしましょう」

二人は駅に向かう。

「今井さんは今夜は大阪にお戻りになられるんですか。それとも、今日中に帰京されるんでしょうか？」

「大阪のホテルに戻って、明日チェックアウトして帰るつもりです」

「そうですか……じゃあ、大阪までの最終は……ええと」

「十一時八分発の最終の新幹線があるようです」

「それまではつきあっていただけるんですね」

「もちろん」

「じゃあ、姫路おでんの美味しい店がありますから、そこに行きましょう」

「姫路おでんですか？」

「はい……生姜《しょうが》醤油でいただくものを、姫路おでんと言って、ここの名物なんですよ」

「初めてですね、姫路おでんは……腹も空いているし、ちょうどよさそうです」

「独特の風味があって、食べやすいですよ。そこは、日本酒も地酒が揃っているから、おすすめなんです」

「行きましょう!」

アーケードの商店街を通って、『姫路おでん』という小さな看板のついた店に入った。

人気があるのか、かなりの席が埋まっている。

美詠子はここの常連客のようで、初老の店主とその奥様の対応が違った。

そこで、二人は姫路おでんとひねポン、地酒を頼んだ。

ひねポンというのは、ひねた、つまり歳をとった鶏の肉をスライスしてポン酢で食べるもので、これも姫路の名物らしい。

「姫路の人は生姜とかポン酢とか、さっぱり系が好きなんですかね?」

「そうかもしれませんね。とにかく召し上がってみてください」

すぐに、おでんとひねポンが運ばれてきて、地酒を啜《すす》りながら、食べた。

ひねポンは硬かったが、噛《か》むうちに深い味がひろがった。そして、姫路おでんは素直に美味しかった。

生姜醬油につけて食べるせいもあって、あっさりしていて、どんどん胃袋に入ってしまう。

「いやあ、美味しいですよ」

「よかったわ」

美詠子が心からの笑みを浮かべる。今だとばかりに、気になっていたことを訊ねた。

「美詠子さんは、家は姫路なんですよね？」

「はい……ここからタクシーで十分ほどです」

「じゃあ、どんどん呑んでください。今夜はおごらせてください……では、我々ヘビースモーカーの奇跡的な出逢いに、カンパイ！」

章介は音頭を取って、コップになみなみと注《つ》がれた地酒をぐいと呑む。

こっちも呑みやすい。あっという間に、喉《のど》を通りすぎていく。

驚いたのは、美詠子の酒の進み具合だ。

もともと甘いものは苦手で、喫煙者で、お酒が好きだとは聞いていた。しかし、想像以上に地酒を呑むピッチが速い。

おまけに、笑顔の素敵な穏やかな美人とくれば、これは同席している男が良からぬことを考えてしまうのはごく自然ではないだろうか——。

酒に酔うにつれて、堰《せき》を切ったように美詠子が喋りはじめた。

「和菓子屋を畳んで、セレクトショップにしたのは間違いだったのかもしれません。もともと、わたしにはそんな才覚がなかったんです。今はもう夫が残してくれた財産を食いつぶしているような状態です。わたし、どうしていいのかわからなくて……」

ほんのりと酔って、首すじを赤らめている未亡人を身近《みぢか》に感じる。

(この人をどうにかして助けてやりたい……!)

その一心で言った。

「今は宣伝の時代です。見たところ、美詠子さんの選んだ服やアクセサリーは素晴らしい。センスがいいと思います。意外と若者受けしそうな気もするし……でしたら、SNSとかを使って積極的にやられたらいい。今は、SNSで火の点く時代ですから。店のHP《ホームページ》はお持ちでしたね?」

「はい、一応は」

「じつは拝見しました。地味ですね。惹きつける魅力に欠ける。どうでしょうか、WEB方面の新しい売り出し方を考えたら……」

「そうですね。確かに、そう思います」

「でしたら、私の知り合いを紹介しますよ。大阪地区の統括広報を担当している男ですが、いいやつです。彼個人の副業としてやってもらい、安く上げるように言っておきますから、まずは話だけでも聞いたらいい」

「はい、そうします。そのときは、今井さんも同席していただけますか？」

「ううん、どうかな。その確約はできませんが、俺がいなくても彼なら大丈夫ですよ。よく言い聞かせて、お願いしておきますから」

「ありがとうございます。そうしていただけると、助かります」

「いえいえ……これも縁ですから」

「喫煙者の連帯感？」

「そうですね」

「一服吸いたくなったわ」

「吸いたいですね」

「店の裏側に喫煙場所があるんですよ。行きますか？」

「行きましょう」

二人は店の裏口から庭に出た。そこには、灰皿が置いてあって、喫煙スペースになっていた。

章介が煙草に火を点けて、美詠子も細く長いメンソールを吸う。

「美味しいわ」

「やはり、やめられませんね」

「はい……」

美詠子がチャーミングな瞳で見あげてくる。

その自分を見る瞳に、依存心のようなものを感じて、ドキッとした。

(美詠子さんは俺に甘えたいんじゃないのか?)

やはり、頼りにしていた夫を亡くして、不安なのだろう。頼れる人がほしいのではないのか――。

そう思いつつも、煙草を吹かす。

二人の紫煙が仲良くあがっていき、その向こうには十六夜《いざよい》の月がかかっている。

3

店を出たのは十一時ジャストで、章介は十一時八分の大阪行き新幹線に乗ろうと、猛ダッシュした。

その後を、美詠子が追ってくる。

だが、章介が駅の改札を通過しようとしたときには、すでに大阪行き新幹線はホームを離れていた。

美詠子が息を切らしてやってきた。

「乗り遅れました」

「ゴメンなさい。わたしがもっと早く切りあげるべきだったんです。ほんとうにゴメンなさい」

「いえ、俺がダメだったんです。美詠子さんと呑む時間があまりにも愉《たの》しすぎて、ついつい長居してしまいました」

「困りましたね。どうしましょう」

「今からだと、市内のホテルを取るのは難しいかもしれませんね」

「どうでしょう、何なら家に来ませんか。うちはマンションなんですが、2LD

Kですから、わたしとは別の部屋でお休みになれます」

美詠子がまさかの提案をした。

「いえいえ、それはダメです」

「大丈夫ですよ、別室に泊まれば……何もしませんよね？」

「も、もちろん！」

「じゃあ、行きましょう。ホテルを取るなんて、もったいないです。タクシーに乗りましょうか」

美詠子は駅前のロータリーにあるタクシー乗り場へと急ぐ。章介もそのあとをついていく。

一応、何もしませんよね、と釘を刺されたが、彼女のマンションに泊まることができるのだ。

（いいのか……いいよな）

心の整理がつかないままに、章介はやって来たタクシーの後部座席に美詠子とともに乗り込む。

マンションまでのわずかな時間にも、「ゴメンなさい。わたしが引き止めた形になってしまって」と美詠子は申し訳なさそうに言う。

十分足らずでタクシーはマンション前に到着した。二人は降車して、最上階の五階の部屋に入っていく。

そこは広々とした2LDKで、ここに独り住まいでは、ひろすぎて孤独感がいや増すだろう。

「シャワーを浴びてきてください。その間に、こちらの部屋に布団を敷いておきます」

美詠子に言われて、章介はバスルームでシャワーを浴びる。

(やはり、その気はないんだな。たんに、俺を別の部屋に泊めてくれるだけなんだ)

少しがっかりしつつ、用意されたパジャマを着た。おそらく、亡くなったダンナさんのものだろう。

バスルームを出ると、

「お疲れでしょう。布団を敷いておきましたから、わたしに気をつかわないで、休んでくださいね。明日は早めに起こします」

そう言って、美詠子が入れ違いにバスルームに向かった。

章介は隣室に一組の布団が敷いてあるのを確認してから、リビングのセンターテーブルに載っている、美詠子が用意してくれたミネラルウォーターをコップに注いで、ぐびっと飲む。

とても落ち着くのはなぜだろう——。

(やはり、俺は美詠子さんと波長が合うんじゃないか。彼女もそれを感じていて、部屋に通してくれた。つまり、手を出してもいいってことじゃないか。しかし、拒否されたら、せっかくの二人のいい関係は終わる。だけど、これ以上のチャンスが二度とあるとは思えない。終電に乗り遅れた俺を、泊めてくれようとしているのだけれど、ひょっとすると、美詠子さんはわざと終電に間に合わないようにしたんじゃないか?)

頭のなかがぐちゃぐちゃになってきた。

冷たい水を飲み干して、窓辺に立ち、カーテンを開けた。

すると、一キロくらい離れた姫路城の白い壁が暗闇のなかに沈んでいるのが見えた。午前零時を過ぎているから、照明は消されていたが、ライトアップされている時間なら、ここからのお城の眺めは最高だろう。

(今度は、ここから白い光に照らされた姫路城を見たいな……)

そう強く願っている自分に気づいて、やはり、自分は彼女に一目惚れしたのだと痛感した。

しばらくすると、足音が近づいてきて、クリーム色のパジャマを着た美詠子がリビングに入ってきた。

頭を洗って、乾かしたのだろう、ミドルレングスの髪がふわっとして、顔の肌つやもいい。そして、シルクタッチのパジャマの胸には二つの突起が浮かびあがっている。

（ノーブラ？　きっとそうだ。ブラジャーをつけて眠る女は少ない）

見てはいけないものを見てしまった気がして、心とは裏腹に股間のものがむっくりと頭を擡《もた》げてきた。

それを気づかれないように、外を見て言う。

「ここから、姫路城がよく見えるみたいですね」

「そうなんです。わたしたちがこのマンションにしたのも、それがいちばんの決め手でした」

美詠子がすぐ隣に並んだ。

『わたしたち』と言うのを聞いて、美詠子はいまだに亡夫をそういう感覚でとらえていのだとわかり、章介は動揺した。

「そうでしたか……残念でしたね。心からそう思います」

「でも、もうそろそろ忘れたいんです。夫のことを」

美詠子が言って、大きな窓に映っている章介を見た。

「……忘れたい？」

「はい……そろそろ彼の亡霊から解放されたくて」

そう言って、美詠子が章介の左腕にしがみついてきた。

シルクのすべすべした生地を通して、ノーブラの乳房の柔らかなふくらみを感じる。美詠子の息づかいが伝わってくる。

（ここは行くしかない。美詠子さんは亡夫を忘れたがっている。それで、俺を部屋にあげたのだ。だったら、行くしかない。幸い、俺はバツイチの独身で、美詠子さんも未亡人……誰からもそしりは受けない。行け、行くんだ！）

章介は肩を引き寄せて、正面から美詠子を抱きしめる。

すると、美詠子が目を瞑《つぶ》った。

章介はおずおずと顔を寄せていく。鼻がぶつからないように少し角度をつけ、赤くぬらつく唇にそっと唇を押し当てる。

（ここは一気に行くべきか、それとも少しずつ……？）

章介は後者を選んだ。キスに自信がなかった。

かるく唇を触れさせると、焦《じ》れたように美詠子が自分からしがみつき、唇を合わせてくる。

（ああ、女性の唇はこんなに柔らかくて、ぷにぷにしているんだな）

ひさしぶりに味わう唇の感触が一気に下半身にも流れていき、股間のものが猛《たけ》りたった。

すると、それを感じたのか、美詠子が右手をおろしていき、パジャマの上から屹立《きつりつ》をそっと包み込んできた。

その大胆さに驚きつつも、柔らかくなぞられるうちに、驚きがあっという間に快感に変わった。

「恥《は》ずかしいわ、わたし……こんなことを」

美詠子が顔を胸板に埋《うず》めて、言う。

「恥ずかしいのはこっちですよ。あなたとキスをしただけで、こんなに……」

「お互い、恥ずかしがってますね」

美詠子がまた顔をあげて、チャーミングに微笑んだ。それから、キスしていいですよとばかりに目を瞑った。

章介は唇を重ねて、今度は強く押しつける。

ふっくらとした女の唇を舌でなぞりながら、髪を撫《な》でる。髪はすべすべで柔らかく、頭の形までわかる。

いったん止まっていた美詠子の指が動きだして、勃起《ぼっき》をさすりあげてくる。すると、イチモツにますます力が漲《みなぎ》ってきて、充溢感《じゅういっかん》が章介の背中を押した。

美詠子の舌がからんできて、その情熱的な舌の動きと熱い吐息が章介をその気にさせる。

「ベッドに行きますか、それとも布団にしますか?」

いったんキスをやめて問うと、美詠子はしばらく考えてから言った。

「ベッドで……すみません。夫も使っていたベッドなんですが、どうせなら、その思い出も新しく塗り替えてしまいたいんです」

美詠子が見あげながら、きっぱりと言った。

その判断で、美詠子がいかに亡夫を忘れたがっているかがわかって、章介は自分がやらなければと決意した。

ダブルのベッドが置かれた寝室はすでに薄暗く、枕明かりだけが灯《とも》っていて、その黄色いランプシェードの光が柔らかく大きな枕を浮かびあがらせていた。

「この枕も、二人で？」

「はい……」

「いけませんね。故人を偲《しの》ばせるものは捨ててしまわないと……俺は別れた妻のものはすべて処分しました」

「立派だわ。わたしも見習います」

「言っておきますが、俺はあなたのご主人ではありません。したがって、セックスのやり方も全然違うと思います」

「はい、今井さんのやり方でわたしを愛してください。パジャマを脱ぎましょうか？」

「いや、俺が脱がします。ベッドに座ってください」

章介は膝《ひざ》を突いて、シルクのパジャマの上着のボタンをひとつ、またひとつと外していく。

やはり、ブラジャーはつけていなかった。

こぼれでてくる左右の乳房の量が少しずつ多くなってきた。ボタンを下まで外して、上着を脱がすと、美詠子はあらわになった乳房を、両手をクロスさせて隠す。

章介はそのままにさせておいて、パジャマのズボンに手をかけた。

おろしていくと、美詠子が立ちあがって、それを助けてくれる。

白いレース刺しゅうの入ったパンティが目に飛び込んできた。

ハイレグで両端が腰骨の上にかかっているせいか、足がとても長く感じられた。

そして、パンティの二等辺三角形の基底部《きていぶ》が、ふっくらとした恥部を包み込んで、わずかに盛りあがっている。その甘美なふくらみがたまらない。

「脱がせますよ」

章介が白いハイレグパンティをおろすと、美詠子は足踏みをしながら、それを助けた。

密生した長方形の翳《かげ》りが一瞬見え、そこを美詠子は右手で隠した。左手で乳房を必死に覆《おお》っているものの、片手では隠し切れないたわわなふくらみがのぞいてしまっている。

「きれいな身体ですね。細いのに、胸とお尻は豊かだ」

章介が褒《ほ》めると、

「いえ、若い頃と比べると、随分と余分なものがついてしまって……恥ずかしいわ」

美詠子がはにかんで言う。ほんとうに恥ずかしがっているように見えるから、たぶん、自分の身体への美意識が強いのだろう。

「それは違います。女性と男性では審美眼《しんびがん》が違うんですよ。このくらいが理想的です。いや、もっと太ってもいいくらいだ」

「お世辞はいいです」

「お世辞ではありません」

美詠子をベッドに仰向《あおむ》けに寝かせて、章介もパジャマを脱ぐ。

全裸になって、ベッドにあがった。

4

惚れた女性とベッドインしたのはいつだったか――。

妻と五年前に別れてからは特定の恋人はできず、たまに風俗へ行った。しかし、自分の指でむらむらを解消するのがほとんどだった。

四十八歳の働き盛りにしては、あまりにも寂しいが、これが章介の現状だった。

ひさしぶりにしては、美詠子は考えうる限り最高の女性だった。いろいろな波長がぴたりと合って、上手くいくときはこんなものなのだろう。

壊れていたセックスへの欲望がうごめきだす。

自分にもたまにはこんなラッキーなことが起こってもいい。

上から眺めると、美詠子は顔を少しそむけて、乳房を両手で覆い、太腿《ふともも》をよじって翳りを隠そうとしていた。

(いい女だ。恥ずかしがっている様子が、またいい)

章介は顔をつかんで正面を向かせ、キスをする。

唇を重ねながら、右手で女体の側面を撫でさすった。

すべすべのきめ細《こま》かい肌を指がすべっていって、

「んっ……んっ……」

美詠子はキスをしながらも、びくっ、びくっと震える。

(すごく感じやすい……)

舌をおずおずと差し込むと、美詠子も抑えていたものをぶつけるように情熱的に舌をからめてくる。

唾液《だえき》が溶け合って、二人がひとつになっていく。

章介は右手を、向かって右側の乳房に押し当てて、慎重に揉《も》んだ。

片手ではとてもつかみきれない豊かな乳房が柔らかく形を変えて、温かい乳肌が指の腹にしっとりと吸いついてくる。

中心の突起に触れると、

「んっ……！」

美詠子はびくっとして、甘い鼻声を洩らした。

章介はキスを唇から首すじへとおろしていき、そのまま乳首を口に含んだ。

甘嚙みしてから、ちろちろっと先端に舌をぶつけると、乳首が一気に硬くしこってきて、

「あっ……んっ……んあっ……ぁあああ」

美詠子がかるくのけぞった。

たわわで形のいい乳房だった。

直線的な上の斜面を下側の充実したふくらみが押しあげて、赤い乳首がツンと勃《た》っている。その自己主張している乳首をひどくいやらしく感じてしまう。

揉みしだくと、仄白《ほのじろ》い乳肌が形を変えながら張りつめ、すぐ下を走る青い血管が幾筋も浮かびあがって、生々しい色気が滲む。

柔らかく充実したふくらみを揉みしだきながら、尖った乳首を舌であやした。上下左右に撥《は》ねて、かるく吸う。吸いながら、なかで舌で転がすと、それがいいのか、

「ぁあああ、んんんっ……ぁああぅぅぅ、ゴメンなさい。気持ちいいのぉ」

美詠子がのけぞったまま喘《あえ》いだ。

「謝る必要はないんですよ。すごく感じてくれて、うれしいんだから」

そう言って、章介はもう片方の乳首にもしゃぶりつく。

唾液で湿らせて、舌であやし、転がし、撥ねる。そうしながら、もう一方の乳首を指先で挟んでねじり、上からトントンとかるく叩き、捏《こ》ねる。

それをつづけていくうちに、美詠子の様子がそれとわかるほどに変わってきた。

「ううん、ううん……」

陶酔《とうすい》したような甘い声を洩《も》らして、顎《あご》をせりあげる。

見ると、下腹部がぐぐっ、ぐぐっと持ちあがっている。

(そうか……きっと、ここにも欲しいんだろうな)

乳首から湧《わ》き起こった快感の電流が下半身にも流れて、こういう動きをごく自

然にしてしまうのだろう。

それなら、と章介は右手をおろしていく。

黒々とした長方形の翳りは思っていたよりも柔らかい。その流れ込むあたりに指を押し当てると、それだけで、

「あっ……！」

美詠子がびくっと震えた。

さらに伸ばした中指の腹で狭間《はざま》のあたりをかるく叩くと、ネチッ、ネチッといやらしい音がする。美詠子は懸命に何かをこらえているようだったが、やがて、

「あっ……あっ……ぁあああ、恥ずかしい……もう、もう……」

下腹部が、指の動きに呼応《こおう》してせりあがってくる。

その、もっと触ってと、せがむような本能的な所作《しょさ》にかきたてられる。

一気に攻め落としたいという気持ちをこらえて、章介は向かって左側の乳首を舐《な》め転がし、右手の中指で狭間へのノックをつづける。

そぼ濡れている粘膜を連続して指の腹で叩くと、美詠子は足を開き、ぐぐっと下腹部を持ちあげて、

「ああ、焦《じ》らさないで……欲しい。もっと……」

哀切に訴えてくる。

そこで、章介は下半身へと攻撃目標を移す。

体をおろしていって、足の間にしゃがみ、ぐいと膝をすくいあげた。

「あっ、やっ……！」

美詠子が太腿を閉じ合わせようとする。

だが、それも一瞬で、章介が力を込めると、膝が開いていく。

その膝裏に手を添えて、少し持ちあげた。こうすることによって、クンニがしやすくなるのだ。

美詠子はあらわになった花肉を手で隠そうとしたが、すぐに思い直したようにその手を上方に持っていき、顔を隠した。

中心にはそそけ立った漆黒《しっこく》の繊毛《せんもう》が密生しているが、他の部分はきれいに処理されていて、女の花園があらわになっていた。

ふっくらとした厚めの肉びらがわずかにほどけて、内部の赤みが見える。褶《しゅう》曲《きょく》した肉びらは豊かで、清潔感がある。

うっすらと開いた口からぬめぬめした粘膜がのぞき、その、外側と内側の対比が途轍《とてつ》もなくいやらしかった。

顔を寄せて、ツーッと舐めあげると、

「ぁあうぅぅ……！」

美詠子が顔をのけぞらせた。

つづけて舌でなぞりあげるうちに、陰唇《いんしん》が左右にひろがって、赤い粘膜の面積がひろくなった。そこはハッとするような鮮やかな鮭紅色にぬめ光っている。

もっと感じてほしくなって、狭間を舐めあげていき、その勢いのまま陰核を舌で弾《はじ》いた。

「あんっ……！」

愛らしい声とともに下半身がびくんと揺れ、章介がつづけざまにクリトリスを舌先で細かく刺激すると、

「ぁあああ、くっ……くっ……はうぅぅ」

美詠子は顔を大きくのけぞらせて、両手で枕の縁をつかんだ。

指で包皮を引っ張りあげると、つるっと剝《む》けて、珊瑚色《さんごいろ》の肉真珠が姿を現した。神々《こうごう》しいほどにぬめる肉芽《にくが》にじかに舌先を走らせると、

「はうぅぅぅ……いいの。いいのよ……ぁあうぅ」

美詠子は後ろ手に枕の縁をつかんで、下腹部をせりあげる。

その頃には、章介の分身は痛いほどにエレクトして、力強く脈打っていた。

5

章介は顔をあげて、美詠子の片方の膝をすくいあげる。

あらわになった花肉に切っ先を押しつけた。肉棹《にくざお》を持って静かに往復させると、ぬるぬるした粘膜を亀頭部《きとうぶ》が擦《こす》っていき、

「ぁああ……ぁあぁうぅ……」

美詠子が気持ち良さそうに顔をのけぞらせる。

(ここだな……)

ぬめりの窪みに狙いをつけて押し込んでいくと、窮屈な道を押し広げていく確かな感触があって、

「あうぅ……!」

美詠子が大きくのけぞった。

途中まで押し込んだ分身を、熱い粘膜がうごめきながら、奥へと引き込んでいく。

(おお、すごい……!)

章介はぐっと奥歯を食いしばる。

それから、膝を放して、覆いかぶさっていく。

唇を合わせて、舌を差し込むと、美詠子はねっとりと舌をからませながら、章介を抱き寄せる。

すると、美詠子の膣《ちつ》がざわめくようにして分身を締めつけてきて、章介は上の口と下の口の二カ所攻めにあって、陶然《とうぜん》とした気持ちになる。

ごく自然に腰が動いていた。

唇を合わせながら、静かに腰をつかう。

徐々に激しく打ち込んでいくと、

「んっ……んっ……んっ……」

美詠子はくぐもった声を洩らしながらも、ぎゅっと背中にしがみついてくる。

もっと強く打ち込みたくなって、章介は唇を離す。

上から美詠子の表情を見おろしながら、腕立て伏せの形で腰をつかう。

「あんっ……あんっ……ぁああうぅぅ……」

美詠子が章介の腕をつかむ指に力を込めた。

「気持ちいい？」

思わず訊いていた。

「はい……いいの。気持ちいいの……おかしくなりそう」

「おかしくなっていいんだ」

章介は思い切り打ち据《す》えた。自分でもわかるほど勃起が奥深くまで入り込んでいき、

「ぁああ、すごい！　響いてくる。頭まで響いてくる。あんっ、あんっ、あんっ……」

打ち込むたびに、形のいい乳房がぶるん、ぶるるんと縦揺れして、章介の腕を握る指に力がこもる。

章介も一気に追い込まれていた。

（こんなはずじゃなかったのに……）

章介はどちらかというと、遅漏であり、そう簡単には射精しない。しかし、予想以上に早く、射精前に感じる昂揚感《こうようかん》が訪れた。

こらえようかと思った。

しかし、奥へ奥へと吸い込むような膣のうごめきがそれを許さなかった。

（ええい、こうなったら、もう一気に……！）

章介は上体を立てて、すらりとした足の膝裏をつかんだ。ぐいと持ちあげながら開いて、押さえつける。

その姿勢で打ちおろした。

女性によって合う体位と合わない体位がある。美詠子の場合はこの打ちおろしのパターンがフィットするようだった。

ごく自然に切っ先が奥まで届くのがわかる。

そして、美詠子は子宮口がいっそう感じるようで、ぐさっ、ぐさっと突き刺すたびに、

「あんっ……ぁあんんっ……はうぅぅ」

開いた両手でシーツを鷲《わし》づかみにして、さしせまった声をあげる。

章介がさらに同じリズムで打ちおろし、途中からしゃくりあげると、

「ぁあああ、イクかもしれない……わたし、イクかもしれない」

美詠子が顎を突きあげたまま言う。

「いいですよ。イッて……俺も、俺も出そうだ」

「ああ、欲しい。いいのよ、出しても。今日は大丈夫な日だから……ちょうだい。ちょうだい……！」

美詠子が大きな目を見開いて、下から見あげてきた。

黒曜石《こくようせき》みたいな瞳が潤《うる》んでいて、男にすがりきった表情が、章介の背中を押した。

「行きますよ」

「はい……ちょうだい。イカせて……お願い！」

「おおぅぅ……！」

章介は吼《ほ》えながら、大きく腰を打ち振って、怒張《どちょう》しきったものを叩きつけた。

「あんっ、あんっ、あんっ……ぁあああ、イキます。来るわ、来る……イッていいですか？」

「いいよ、イッて……そうら」

章介がたてつづけに打ち据えたとき、

「イキます……イク、イク、イクぅ……やぁああああああぁぁぁぁ！」

美詠子はシーツを鷲づかみにしたまま、顔を大きくのけぞらせた。

それから、がくん、がくんと躍りあがる。

その瞬間、章介もしぶかせていた。

ドクッ、ドクッと男液が迸《ほとばし》る感覚が全身を貫《つらぬ》き、章介は昇天する。

女体のなかに放ったのはいつ以来だろう。

脳天が痺《しび》れ、腰のあたりも熱に覆われて、何も考えられなくなる。あるのはただひとつ、女体に放出する悦《よろこ》びだけだった。

しかも、美詠子の体内は男液を残らず搾《しぼ》り取ろうとでもするようにうごめき、締めつけてくるのだ。

打ち終えて、章介は女体を離れ、すぐ隣にごろんと横になる。

ぜえぜえという息づかいがちっともおさまらない。それが日頃の不摂生《ふせっせい》を物語っているようで、恥ずかしい。

ようやく息がととのうと、美詠子がにじり寄ってきて、耳元で囁《ささや》いた。

「煙草を吸いたくない？」

「ああ、一服したいね」

「吸いましょ」

章介は嬉々として、スーツのポケットから煙草を取り出した。

ベッドのヘッドボードに背中をつけて、口に咥えたところで、美詠子が自分のライターで火を点けてくれた。

吸い込むと、独特の味と香りが、疲れた体や脳に沁み込んできて、しばし、その虚《うつ》ろな状態に酔いしれる。ゆっくりと吐き出して、

「ありがとう。セックスのあとの煙草なんて、ほんとうにひさしぶりだ」

「わたしもですよ。主人は煙草を吸わなかったから、情事のあとの一服を愉しめなくて」

「なるほど。その点、俺ならばっちりってわけだ」

「そうみたい」

美詠子は自らメンソールの細い煙草に火を点けて、美味しそうに吸った。

紫煙を吐き出して、

「幸せ。ほんとうによかった、新幹線であなたの隣になって」

しみじみと言う。

「俺もですよ」

章介は灰が落ちないように、サイドテーブルにあったガラスの灰皿をつかんで、二人の間に置いた。

二人ともじっくりと一本吸って、吸殻を灰皿で消した。

章介がその灰皿をサイドテーブルに置くと、美詠子の身体がおりていって、這《は》

うようにして、真横からイチモツを舐めてきた。

「まだ無理だよ」

「いいの。お掃除してあげようと思って。だから、大きくしなくていいのよ」

美詠子が分身に付着した自らの粘液と白濁液を舐めとる。赤く細い舌をいっぱいに出して、清められると、イチモツがむっくりと頭を擡げてきた。

「ふふっ、大きくなったわ」

「自分でもびっくりだ」

「一服して、エネルギーをチャージしたからだわ、きっと」

「そうだな。うん、きっとそうだ」

「煙草を吸ったばかりの口でしたら、ヤニ臭くならないかしら？」

「ならないだろうけど……たとえなっても大丈夫だよ」

「じゃあ……おチンチンにも煙草を味わわせてあげる」

美詠子が根元まで頬張《ほおば》ったので、分身がさらにエレクトして、その充溢感を章介は目を閉じて味わった。

第二章　遠距離恋愛

1

藤田美詠子が東京へ商品の買い付けにやってきた。

十日前、マンションに泊まった翌朝、味噌汁の匂いで目が覚めた。美詠子が早起きして、朝食を作っていたのだ。

その後ろ姿を見たとき、今井章介は完全に美詠子に惚れた。

大阪方面の統括広報をしている秋山《あきやま》広太《こうた》に事情を話し、手伝ってやってほしいと、美詠子を紹介した。

二人は会って、秋山が店のＨＰの作り直しを含めて店の広報活動を引き受けてくれたと、美詠子から聞いた。

秋山にはどうにかしてブティック『Ｍｉｅｃｏ』を盛り返してもらいたい。

この日、美詠子がホテルに泊まる予定だというので、章介はホテル代がもったいないから家に泊まるように説得した。

美詠子はそれを受け入れ、二人は最寄り駅の近くのレストランで夕食を摂《と》った。その後、家に連れてきたところだ。

東京郊外にある、小さな庭付きの一軒家のローンはまだ払い終えていない。五年前に妻と離婚してから、たまに友人を家に呼ぶくらいで、女性を入れるのは初めてだ。

今となってはひろすぎる家に美詠子をあげると、

「いい家ですね。間取りがゆったりして、落ち着くわ。このオープンキッチンが素敵……ちょっと見せてもらっていいですか？」

美詠子がリビングを見渡して言う。

キャリアウーマン風のきりっとしたパンツスーツを着こなしていて、そのヒップのぷりっとした吊りあがり方がセクシーだ。

美詠子はキッチンを見て、

「すごくよく考えられてる。奥様は有能な方だったんですね」

そう言い、複雑な顔をした。しかし、すぐに水につけてあるコップを見つけ、

「これ、洗います！」

と、明るい声を張りあげた。

「ああ……でも、俺がやるから」

「いいんですよ。泊まらせていただくんだから、このくらいはさせてください」

美詠子はコップをスポンジでぎゅっ、ぎゅっと音を立てて洗い、水切りカゴに置いた。

その姿を見て章介は、まるで美詠子を自分の妻のように感じ、ドギマギしてしまった。

「美詠子さん……」

後ろから抱きしめた。

「ダメですよ」

美詠子がすり抜けようとするのを、がっちりととらえて、耳元で言った。

「この十日が長かった」

「メールも電話もしたじゃないですか」

「そうだよ。メールや電話をするたびに、きみに逢いたくなってしまって……」

「わたしたち、遠距離恋愛ですものね」

美詠子が二人の関係をそう呼んでくれたことがうれしい。

「じゃあ、俺たちはつきあってるという認識でいいのかな？」

「わたしはそう思っていますけど……」

「よかった」

美詠子をこちらに向かせて、キスをした。抱き寄せて、唇を合わせ、舌を差し込んでいるうちに、美詠子の身体から力が抜けた。

キスを終えるときには、ぐったりとなって、身体を預けてきた。

すでに、美詠子はジャケットを脱いでいた。

フィットタイプのニットが甘美な胸のふくらみを浮かびあがらせて、下もぴったりとしたパンツ。その機能的な姿をひどくエロチックに感じてしまう。

さらさらの髪を撫で、腰を引き寄せると、

「ダメ、シャワーを浴びたいわ。一日中動いていたから、汗をかいているの」

美詠子が耳元で囁《ささや》いた。

「どうせなら、バスタブにつかりたいでしょ。お湯を張ってきます」

章介はそのまま美詠子を押し倒したい欲望を抑えて、バスルームに向かう。

廊下を歩き、バスルームをかるく洗い、栓《せん》をして、給湯スイッチを押す。

これで約十分後には、風呂に入れる。

美詠子はバイヤーとして姫路から東京へやってきて、一日中働いていたのだ。自らの性欲を満たすより、彼女をいたわろう。それが、やさしい男のするべきことだ。

美詠子が言うように、二人はすでにつきあっているのだから、何も急ぐ必要はない。

リビングに戻ると、美詠子がソファに腰かけて、目を閉じていた。

章介は隣に座って、言う。

「すぐにお風呂に入れますから」

「ありがとうございます。うれしいわ……」

美詠子がしなだれかかってきた。

章介がキスをすると、股間のものがまたいきりたった。それを感じたのか、美詠子がキスをしながら、股間を右手でなぞってきた。

舌を押し込み、章介の舌を貪《むさぼ》るように吸いながら、ズボンの股間を情感たっぷりにさする。

章介が美詠子のパンツの前を触ろうとすると、

「ダメ……ここはきれいにしてから」

さりげなくかわされた。

「でも、それだと章介さんが可哀相ね」

美詠子はソファの前にしゃがんで、章介のズボンをブリーフとともに膝《ひざ》までおろした。

分身がぶるんっとこぼれでて、それが頭を擡《もた》げているのを見て、

「章介さんのここ、すごいわね。いつも元気がいいわ」

見あげてくる。

「それは、美詠子さんだからですよ。ここが、女なら誰だって勃《た》つかというと、そうじゃない」

「そう？」

「ええ、事実です」

美詠子がはにかんで、肉棹《にくざお》の頭部に顔を寄せた。

「あっ、汚いですよ。会社が終わってからすぐに逢ったんで、俺もシャワーは浴びていませんよ」

「いいの。好きな男の人なら、どんなに汚れていても、愛せるものなのよ。お風呂が沸《わ》くまで……ねっ」

うれしいことを言ってくれた後、美詠子は亀頭部《きとうぶ》にちゅっ、ちゅっとやさしくキスをする。

「匂うでしょ？　さっき、オシッコをしたし……」

「少し……でも、それがいやでできないってほどじゃないわ。むしろ、これがあなたの匂いだって思うと、恋しくなる」

美詠子は長い舌を出し、尿道口をすくいあげるようにした。それから、顔を横向けて、鈴口《すずぐち》に沿って舌先を走らせる。

薄い尖《とが》った舌先が尿道口の内側をなぞってきて、くすぐったいような不思議な快感がひろがった。

「くっ……！」

ごく自然に腰が持ちあがる。

「ふふっ、ビクビクしてる……」

美詠子は見あげて言って、今度は亀頭冠《きとうかん》を舐《な》めてくる。

「ああ、くっ……！」

章介はソファにもたれ、足を大きく開いて、もたらされる快感を味わった。

すると、美詠子は唇をかぶせて、ゆったりと顔を振りはじめた。

静かなストロークだが、もともと口が小さめで唇はふっくらしているせいか、唇を上下にすべらせるだけで気持ちがいい。

「ぁああ、いい……ほんとうは先週の土日に姫路に行こうかと思ったんですよ。でも、今日こちらに来ると聞いたから、必死に我慢したんです。我慢した甲斐《かい》がありました。ぁああ、蕩《とろ》けそうだ」

章介は気持ちを伝えた。

美詠子は頬張《ほおば》りながら、ちらっと見あげて、微笑《ほほえ》んだ。

それから、章介の言葉に応えるかのように、徐々に激しく唇を往復させる。

「んっ、んっ、んっ……！」

大きく速く唇をすべらせ、そこから一気に深く咥《くわ》えてきた。

「おっ、あっ……！」

力を漲《みなぎ》らせているイチモツがすっぽりと根元まで包まれる悦《よろこ》び——。

しかも、覆《おお》っているのは、愛する美詠子の口腔《こうこう》なのだ。

美詠子はもっと頬張れるとばかりに、深く呑《の》み込んだ。赤い唇が陰毛に接して、

「ぐふっ、ぐふっ……」

美詠子が噎《む》せた。普通なら吐き出すか、浅く咥え直すだろう。だが、美詠子はわずかに身じろぎしただけで、頰張りつづける。

そのとき、なかで舌がからんできた。

唾液《だえき》に満ちた柔らかな肉片が裏側をねろり、ねろりと刺激してくる。

「ああ、すごい！　感じる。美詠子さんの舌がからみついてくる。たまらない……くううぅ……！」

思わず天を仰ぐ。

今度は、唇が往復しはじめた。

ゆったりと唇がすべっていき、いったん吐き出すと、裏筋の発着点で止まった。そこを舐めあげ、左右に舌で撥《は》ね、チューーッと吸う。

「おおっ……！」

章介は、またまた天を仰いでいた。

ふっくらした唇がかぶさってきた。さらに、指で根元を握り込んできたので、いっそう快感がふくらむ。

美詠子は指で根元をきゅーっと引っ張り、完全に張りつめたイチモツをじゅぶっ、じゅぶっと唇でしごいてくる。

これは効《き》いた。

「ぁあぁ、あぁあぁ……」

ダメだ。ベッドインの前に射精してしまったら、悲しすぎる。

若い頃なら、少し経てば回復しただろうが、四十八歳では無理かもしれない。勃起《ぼっき》したとしても、勢いがなければ、美詠子を悦ばせることはできない。

必死に我慢した。

（おかしい……俺は遅漏のはずだが、美詠子を相手にするとすぐに放ちそうになる……！）

そのとき、風呂と連動している操作パネルから、沸いたことを知らせるチャイムが鳴った。

「み、美詠子さん、お風呂が沸きました。先に入ってください」

言うと、美詠子はちゅるっと吐き出して、立ちあがった。

手の甲で口角《こうかく》についた唾液を拭《ぬぐ》って、持ってきたスーツケースから、着替えの入った袋を取り出す。

章介はバスルームと連なった洗面所に案内したのだが、その間もイチモツは勃起しつづけている。

ほんとうは一緒に入りたい。そして、バスルームで嵌《は》めたい。

しかし、ほとんどの女性は、ひとりで入りたいだろう。陰部を洗ったり、腋毛《わきげ》をチェックしたりと、いろいろとやることがあるからだ。

「じゃあ、ごゆっくり……」

章介はそう言って、洗面所を離れた。

2

章介がバスルームを出て、リビングに戻ると、美詠子はナイティ姿でソファに座っていた。

部屋は暗く、テレビには焚《た》き火の映像が映り、ゆるいジャズのBGMが流れている。さっき、風呂に入る前に章介が、ムードを高めようとユーチューブのBGMチャンネルにしておいたのだ。

そのちろちろと燃える焚き火の明かりを受けて、白いネグリジェのナイティをつけた美詠子が膝を抱えて座っている。

二階の寝室を教えたのだが、やはりひとりで行くのは不安だったのだろう。しかし、この格好はキュートすぎる。

三十二歳の美女が膝を抱えてソファに座るなんて、かわいすぎて反則だ。

さっき、フェラチオでぎりぎりまで追い詰められただけに、章介のイチモツはまたむっくりと頭を擡げてくる。

前から見ると、ネグリジェの裾《すそ》がめくれていて、その前に二本のふくら脛《はぎ》が立っている。少し膝の間隔があるので、そこから、白い光沢感のあるパンティの基底部がのぞいてしまっている。

章介の視線に気づいたのか、美詠子が膝を閉じて、斜めに流した。

「先に寝ていればよかったのに」

「でも、ひとりでは寂しいわ。それに、あのベッドで章介さんの奥様が寝ていらしたんでしょ？」

美詠子が言った。

「違うよ。あれは離婚してから、新しく買ったものだ。言ったはずだよ。離婚してから、妻のものはすべて彼女が持っていったし、残っていたものは処分したって」

「ゴメンなさい。わたし、バカみたいね。へんな嫉妬《しっと》をして」

「いいんだ。嫉妬してくれるってことは、それだけ俺を愛してくれているってことだからね」

「へんね、わたしたち。まだ知り合って、二週間なのに……」

章介はソファの前にしゃがんで、美詠子の身体にしがみついた。

美詠子が足を開いて座り、その間に章介の体が割り込む形になっている。

しなやかで肉感的な身体からは、石鹸《せっけん》の香りがして、章介が太腿《ふともも》の付け根に顔を押しつけると、

「あん、ダメだって……あんっ……！」

美詠子が色っぽく喘《あえ》いだ。

どこか甘酢っぱいような匂いがする。おそらく、女性器からも男を誘うフェロモンがあふれているのだ。

章介はそこに顔を埋め込みながら、左右の足をソファにあげさせた。

白いネグリジェの裾がめくれあがって、M字に開脚された左右の足と、狭間《はざま》の細いクロッチが目に飛び込んでくる。

「いや……恥ずかしい！」

美詠子がクロッチを手で覆った。

その手を外して、太腿の奥にしゃぶりついた。すべすべした、シルクらしい白

い布地を舌でなぞりあげると、内側の柔らかさが感じられて、

「あんっ……！」

美詠子はびくんと震える。

つづけざまに舐めあげるうちに、布地が唾液を吸って沁《し》みてきた。かまわず舌を往復させると、クロッチがべっとりと内側の肉襞《にくひだ》に張りつく。

舌の代わりに指を使った。濡れたクロッチの窪《くぼ》みを擦《こす》りあげると、

「ぁああ、あああ……いや、いや……恥《は》ずかしい」

美詠子はそう言いながらも、指の動きに合わせて下腹部をぐっ、ぐぐっとせりあげる。

すると、内部の潤《うる》みが布地にも伝わってきて、沁みが大きくなり、狭間がくっきりと浮かびあがった。

楕円《だえん》の形に滲《にじ》みでた沁みに沿って、指の腹を縦に往復させ、上方の肉芽《にくが》をさぐって柔らかく擦る。

指先で円を描くように捏《こ》ねると、下腹部がもっとでもいうように持ちあがってくる。ふっくらとした恥丘が何かをせがむかのように持ちあがる光景が、淫《みだ》らすぎた。

指に感じる粘っこいタッチと、上方の肉芽の硬くしこったコリコリした感触の差がこたえられない。

そして、美詠子は大きく足をM字に開いたはしたない格好をさらしながら、手の甲を口に添えて、

「ぁああ、あうぅぅ……」

必死に喘ぎ声を押し殺している。

それでも、快感は抑えきれず、ソファに置かれた足の親指が反《そ》りかえる。

足の爪には十個のピンクのペディキュアが光り、小指に向かって徐々に小さくなっていく足の爪が可憐だった。

ふいに強い衝動に駆《か》られて、片方の足をつかみ、きれいにペディキュアされた桜色の足指を頬張った。

まず親指を口におさめ、フェラチオするように顔を振る。

「あっ、ダメ……そんなことしちゃ、ダメ……汚いわ」

美詠子が親指を必死に内側に折り曲げる。

「汚くないさ。きみはさっきお風呂に入ったばかりだ。それに、たまにはこういうこともいいんじゃないか？」

おそらく美詠子は亡くなった夫に足舐めなどされていないのだろう。

完全に記憶を上書きしていくためには、新しい体験をしてもらうことも大切なような気がする。

章介はじっくりと丁寧《ていねい》に足の指と踵《かかと》、足の裏に舌を走らせた。

最初は恥ずかしがっていたのに、途中から美詠子は感じるようになり、

「ぁあぁ、あぁあ……気持ちいいの。気持ちいい……」

うっとりとして言い、足から力を抜いて、舐められるままになった。

美詠子の呼吸が荒くなり、恍惚《こうこつ》としているのを察知して、章介はいよいよ足を付け根に向かって舐めあげていく。

踵からふくら脛、さらに膝から太腿の裏、さらに内側へとまわし込んでいくと、

「ぁあぁ、あぁあぁ……いいの。いいの……」

美詠子がソファの背もたれを後ろ手につかんで、快楽をあらわにする。

ここまできたら、舐めるところはひとつ。

パンティに手をかけて足先から抜き取り、内股になった足をひろげて、翳《かげ》りの底にしゃぶりつく。

「あはっ……！」

美詠子の下腹部がびくっと躍りあがる。

かまわず狭間に舌を這《は》わせると、洪水状態になった谷間がひろがって、内部の赤い粘膜があらわになった。

「ぁああ、気持ちいいの……章介さん、ほんとうに気持ちいいの」

美詠子が心から感じているという声をあげる。

章介は上方の肉芽にも舌を届かせて、上下左右に転がし、さらに吸う。

チューッと吸いあげると、それが感じるのか、

「ぁあああ……！　ダメ、ダメ、ダメ……へんなの。それをされると、おかしくなる」

美詠子が訴えてくる。

「いいんだよ、へんになって……」

章介がたてつづけに陰核を吸うと、

「あっ、あっ、あっ……いやぁぁあああ！」

美詠子がいきなり腰を撥ねあげて、床に突いた足でブリッジするようにして、がくん、がくんと躍りあがった。

（んっ……！　イッたのか？）

章介が顔を離すと、美詠子はソファから落ちそうになりながらも、細かく震えている。

（そうか……クリだけでイクんだな）

クリトリスで昇りつめる女性は少なくない。オナニーするときには、クリトリスをいじって絶頂を極める女性はむしろ多いのではないか。しかし、男との情事の際に、クリトリスだけで気を遣《や》る女性は少ないだろう。

「大丈夫？」

「ええ……ゴメンなさい。先にイッてしまって……恥ずかしいわ」

「いや、むしろ誇るべきだよ」

「……ねえ、これが欲しい」

美詠子がパジャマを持ちあげている章介のイチモツをじっと見た。

「今ここでする？　それともベッドへ行く？」

「……今、欲しい」

「わかった」

章介はズボンとブリーフを脱いだ。

モジャモジャの陰毛を突いて、肉の塔が鋭角にそそりたっている。そのことが誇らしい。

美詠子はちらりとそれを見て、自分からソファの肘掛けにつかまって、腰を後ろに突き出してくる。

章介は尻をつかみ寄せて、勃起を尻の底に押し当て、ゆっくりと慎重に沈めていく。

潤みの中心を見つけて、押し込んでいくと、それが狭い箇所をこじ開けていく確かな感触があって、

「うはっ……！」

美詠子が背中をしならせる。

白いシルクのナイティが柔らかく背中に張りついている。

そして、章介がストロークするたびに、

「んっ、んっ、あんっ……」

美詠子は顔を上げたり下げたりして、肘掛けを鷲《わし》づかみにする。

もっと攻めたくなって、ナイティをもろ肌脱ぎにさせ、こぼれでてきた乳房を後ろからつかんだ。

丸々として容積もあるふくらみは、揉《も》むたびに柔らかく指に吸いついてきて、その、どこまでも吸い込まれていくような弾力がたまらない。

手さぐりで乳首をつまんで、転がした。

そうしながら、かるくピストンすると、それに応えて、

「あんっ、あんっ、あんっ……ぁああ、へんなの、わたし、またイクかもしれない……恥ずかしいわ。恥ずかしい！」

「いいんだよ。イッて……それだけ二人は波長が合うんだ。気心が合うんだよ。こんなに相性のいい女性は、きみが初めてだ」

「ぁああ、わたしもよ。わたしも……ぁああ、イキそう……イッていい？」

「もちろん、いつイッてもいいよ」

章介は腰をつかみ寄せて、思い切り後ろから突いた。

パン、パン、パンと乾いた音が撥ねて、尻と下腹部がぶち当たり、

「あ、あっ、あっ……イクわ。イク、イク、イクぅ……！」

美詠子がさしせまった様子で訴えてきた。

「いいよ、イッていいよ。そうら」

駄目押しとばかりにつづけざまに打ち込んだとき、

「イクぅ……はぅ！」

美詠子がのけぞって、がくがくと痙攣《けいれん》しながら、崩れ落ちていった。

3

かつては夫婦の寝室だった部屋で、仰向《あおむ》けに寝た章介の胸板に、美詠子がちゅっ、ちゅっとキスを浴びせている。

夢のような出来事だった。

自分の家に新しい女性が来てくれたのだ。

五年前に離婚してから、我が家に女性を招いたことはない。だいたい会社でも章介は経理のプロである堅物《かたぶつ》として通っており、女性が寄ってくることはまずない。

実際に話したら、意外とざっくばらんで愉《たの》しいはずだと自分では思っているのだが、会社の人はそれをわかっていない。

そこを先入観なしで受け入れてくれたのが、藤田美詠子だった。

美詠子なりの事情もあった。三年前に亡くした夫のことをいまだに引きずっていて、その亡霊から解放されたいのだ。

自分はその手助けをしたい。

こうして家まで来てくれて、二度も気を遣るということは、美詠子の心と身体から前夫の記憶が消えようとしているのだ。

そう信じたい。

一糸まとわぬ姿の美詠子が、胸板に頬擦《ほおず》りして言う。

「恥ずかしいわ。もう二回もイッてしまって」

「恥ずかしがることはないよ。むしろ、誇っていいさ」

「そう？」

「ああ、そうだよ」

「よかった」

美詠子は薄く微笑んで、章介の乳首を舐めた。

柔らかな髪の毛先に胸板をくすぐられて、こそばゆい。くすぐったいが、乳首は気持ちがいい。

舌と吐息がおりていき、また期待感がふくらむ。

美詠子はセレクトショップの商品の買い付けや販売で、毎日ハードワークをこなしているせいか、ベッドでもエネルギッシュでスタミナがある。

二度気を遣っても、まったく性欲は衰えないようで、むしろ、積極的になった気がする。

すべすべした手と唇がさがっていき、分身に到達した。力をなくしている肉茎を頬張ってくる。

口のなかのイチモツにまったりと舌がからかんでくる。アイスバーでも舐めるようにしゃぶられると、それが徐々に力を漲らせてきて、同時に性欲もむらむらと湧《わ》きあがってくる。

「大きくなったわ」

仰臥《ぎょうが》している章介と直角に交わる形で、美詠子が真横からイチモツをしゃぶってきた。

枕に頭を載せると、その様子がはっきりと見える。

屹立《きつりつ》したものに唇をかぶせて、顔を打ち振っている。

それを真横から見ているので、背中が反り、尻が少しあがったポーズが女豹《めひょう》そのもので、ひどくそそられる。

形のいい乳房が下を向き、弓反りした背中とヒップ、太腿が織りなす曲線がとてもセクシーだ。

（そうか……この位置でのフェラもなかなかいいな）

章介は見とれ、同時にイチモツをしごかれる悦びでうっとりする。

ゆったりと顔を振っていた美詠子が吐き出して、章介を見あげた。その際、いきりたつイチモツの向こう側から章介に目を向けたので、肉柱と横になった顔の異様な構図に一瞬、ドキッとする。

だが、茜色《あかねいろ》にてかつく肉のトーテムポール越しに見える顔は、かわいらしく、かつセクシーだった。

にかっと笑ったので、いっそうキュートさが増した。

美詠子は顔を横に倒したまま、イチモツをハーモニカでも吹くように唇を縦にすべらせる。

それから、また上から頬張る。

大きく素早く唇でしごかれると、分身がこれ以上は無理というところまでいきりたった。

すると、美詠子は吐き出して、

「乗っていい？」

訊《き》いてきた。

「もちろん……」

「今度は出していいですからね」

美詠子はにっこりして言い、ゆっくりとまたがってきた。

下腹部をまたぎ、腰を落とし、いきりたつものを握って慎重に導く。

潤みきったところに擦りつけて、沈み込んできた。

勃起しきったものが熱く滾《たぎ》った肉路をこじ開けていき、

「ぁあぁぅ……！」

美詠子は顔をのけぞらせて、上体をまっすぐに立てた。

「ぁああ、気持ちいい……」

すぐに、前後に腰を揺すって、華やいだ声をあげた。

両膝をぺたんとベッドに突いて、濡れ溝を前後に擦りつけては、

「ぁああ、あぅぅぅ……」

くぐもった喘ぎを洩《も》らす。

そうしながら、時々章介を見て、視線が合うと、恥ずかしそうに目を伏せる。

三十二歳の未亡人が、亡夫を忘れようと、貪《むさぼ》るように腰を振り、高まっていく。その姿を見ているだけで、章介は昂奮する。

それに、そそりたっているイチモツが濡れた肉路で揉み抜かれて、ひどく気持ちがいいのだ。

美詠子が後ろに両手を突いて、足をM字に開いた。

（おおぅ、すごい……！　丸見えだ）

美詠子が腰を前後に揺するたびに、自分の肉柱が翳りの底に押し入って、出てくる。ぐちゃぐちゃと淫靡《いんび》な音がして、愛蜜がしたたり、肉棒もぬめ光っている。

そして、美詠子は緩急をつけて腰を振っては、

「ぁあああ……あぅぅぅ……いいの。気持ちいい……ぐりぐりしてくる。あなたのおチンチンがなかをぐりぐりしてくるの……」

とろんとした目で訴えてくる。

いきりたちが肉路によって摩擦され、それが快感を生む。それ以上に、目の前で癒《いや》し系の美女が大胆に足をM字開脚し、結合部分を見せつけるかのように腰を揺すっている。その、あらわすぎる光景が淫らだった。

美詠子が上体を立てて、さらに抱きついてくる。

章介の喉元《のどもと》にキスをし、舐めてきた。

顎《あご》にかけて舌を走らせ、そのまま唇を合わせる。

章介が口を開いて迎え入れると、美詠子はねっとりと舌をからませながら、ゆるやかに腰を振る。

挿入《そうにゅう》は浅くなるが、口と男性器の二カ所を攻められて、新鮮な悦びがある。

こうなると、章介も自分から攻めたくなった。

背中と腰をがしっと抱き寄せて、下から突きあげてやる。

つづけざまに腰を撥ねあげると、硬直が斜め上方に向かって、潤みきった肉の道を擦りあげていって、

「んっ……！　んっ……！　ぁあああ、すごい。響いてくるの……あんっ、あんっ、あんっ……！」

キスできなくなった美詠子が喘ぎながら、ぎゅっとしがみついてきた。

「気持ちいい？」

「はい、気持ちいい……ぁああ、幸せよ。わたし、今、すごく幸せ……」

美詠子がまたキスをしてきた。

章介も迎え撃って、下から唇を合わせる。舌をからませ、吸い、口腔を舐めまわす。

そうしている間も、かるく突きあげてやる。

ズン、ズン、ズンと突き刺すと、美詠子はくぐもった声を洩らしながらも、必死にキスをつづける。それから、自らキスをやめて、上体を立てた。

「上手くできるかどうかわからないけど……」

そう言って、足をM字に開いた。

少し前に体重をかけて、両手をかるく腹部に添えると、腰を持ちあげ、ぎりぎりのところから落としてくる。

美詠子はスクワットに似た動きを繰り返して、

「んっ……んっ……あんっ……すごい、突き刺さってくる。お臍《へそ》まで届いてる……あんっ、あんっ、あんっ、あんっ……」

章介の腹の上で弾《はず》む。

ものすごい光景だった。

たわわな乳房がゆっさ、ゆっさと揺れ、翳りの底に自分の肉棹が出入りを繰り返す。

ねちゃ、ねちゃといやらしい音が聞こえ、あふれだした淫蜜で章介の陰毛までもが濡れ光っている。

「ぁあぁ、恥ずかしい……止まらない。止められない……腰が勝手に動くのぉ」

そう訴えながら、美詠子は腰を上下動させる。

下まで落とし切って、腰をグラインドさせる。

すると、亀頭部が奥のほうの柔らかなふくらみをぐりぐりと捏ねて、それがいいのか、

「ぁあぁ、押してくる。おチンチンがあそこを押してくる……たまらない。ぁあぁあ……あんっ、あんっ、あんっ……あっ」

美詠子は顔をのけぞらせて、がくがくと震えた。

かるくイッているのだろうか、手を前と後ろに突いて、必死に倒れないようにしている。

こうなると、章介も自分で動きたくなった。

いったん結合を外し、美詠子をベッドに這わせ、自分はベッドを降りて、床に立つ。

「もう少しこっちに……後ずさりできる？」

「こう……？」

美詠子が這ったまま、ベッドの端に向かって少しずつ移動してくる。

むっちりとした尻がもこもこ揺れて近づいてくる、その様子がたまらない。

ぎりぎりのところでストップをかけ、真後ろにしゃがんで、まずは裂唇《れっしん》を舐めあげる。

ハート形のヒップの底に鮭紅色の粘膜がのぞき、そのぬるぬるした箇所に舌を走らせると、

「ぁあぁ……ぁああ……気持ちいい……」

美詠子は我慢できないとでもいうように尻をくねらせる。

「入れてほしいの？」

「はい……ほしい」

美詠子が誘うように腰を振った。

最愛の夫を亡くして三年が経過し、夫に開発された肉体は寂しくて、男を求めていた。もう限界を迎えていた。そこに丁度良く章介が現れたということだろう。

男と女が出逢って、親しくなるにはタイミングがとても大切なのだ。

章介は積極的にアタックしたがゆえに、その絶好のチャンスをつかんだ。

あのとき、姫路の店に押しかけていかなかったら、この時間はなかった。やる

べきときにはやらないといけない。その結果が空振りに終わろうとも、傷ついてはいけない。告白されていやな女性はいないのだから——。

今回ほどそれを痛感したことはなかった。

そのチャレンジの結果が、今、目の前の大きな尻と息づいた女の花園なのだ。早く入れてと、誘っている。

章介は切っ先を尻に沿っておろしていき、窪地に押しつけた。沈み込んでいく箇所をさがしながら押し込んでいくと、ぬるっと嵌まり込み、それがほぼ根元まで埋まっていく爽快感《そうかいかん》に変わって、

「ぁあああ……！　また……ぐっ！」

美詠子がシーツを皺《しわ》が寄るほど握りしめた。

熱くとろとろの粘膜がイチモツを包み込んでくる。そして、抽送《ちゆうそう》をせかすように内部がきゅっ、きゅっと締まってくる。

もうこらえきれなくなっていた。

ほどよくくびれたウエストの細くなったところをつかみ寄せて、章介は腰を突き出していく。

床に立っているので、全身を使うことができて、抽送も容易にできる。

やはり、足を踏ん張れるから、力がそのまま伝わるのだ。

「あんっ、あんっ、あんっ……」

美詠子は後ろから突かれて、気持ち良さそうに喘いでいる。

男根と膣《ちつ》の位置を合わせるために、膝は大きく開いている。姿勢は低いが、尻だけを高く持ちあげる形になっていて、その身体の反らし方がとてもエロチックだった。

徐々に強く打ち込んでいく。奥まで届かせて、そこでぐりぐりすると、じんわりと甘い快美感がひろがってきて、だんだん抜き差しならないものへと発展していく。

「出そうだ！」

思わず言うと、

「ぁああ、欲しい。大丈夫よ。ピルを飲んでいるから……大丈夫よ。なかにちょうだい。欲しい……」

美詠子が自ら腰を後ろに突き出してきた。

「よし、行くぞ。そうら……」

章介は射精覚悟で強く打ち込んだ。

ぐいっと奥まで届かせて、扁桃腺《へんとうせん》のようにふくらんだ子宮口を捏ねる。それをつづけていると、のっぴきならない快感が押し寄せてきた。

「あんっ、あんっ、あんっ……ぁあああ、イキそう。章介さん、わたし、イキます……また、またイッちゃう！」

「いいんだよ。何回でもイッて……そうら……おおぅ、おお……出るぞ。出る……うおおぉ！」

吼《ほ》えながら叩きつけると、美詠子はシーツをつかみながら、上体を大きくのけぞらせて、

「イク、イク、イッちゃう……やぁあああぁぁぁ！」

嬌声《きようせい》を張りあげて、それから、がくん、がくんと躍りあがった。

膣の収縮を感じて、章介もここぞとばかりに打ち据《す》えたとき、爆発の瞬間が訪れた。

「あっ……あっ……」

美詠子はイキつづけているのか、痙攣をつづけ、その体内に章介は男液をしこたましぶかせた。

第三章　大阪の美人トラッカー

1

都内にあるNドラッグの支店で会計状態を監査し終えた今井章介は、本社に戻ろうと、駐車場に停めてあった社用車のライトバンに乗り込んだ。

エンジンをかけようとキーをまわしたものの、いっこうにかからない。

（おかしい……どうしてだ？）

ギアはPの位置に入っているから、これでかかるはずだ。

（ガス欠ではないし、セルモーターもまわるのでバッテリー切れではない。だとしたら、ヤバい故障なのか。そういえば、ここに来る途中で車から異臭がした。車から降りてエンジンを切っても、フロント部分がやけに熱かった。もしかしたら、冷却装置がいかれたか？）

どうしてもエンジンがかからないときは、ＪＡＦを呼ぶしかないだろう。

（社用車の整備くらい、ちゃんとしておいてほしいよな）

章介は絶望的な気分で、車を降りて、ボンネットを開けてみる。詳しい知識があるわけではないが、できうる限りのことはしたい。

ボンネットをステーの棒で支えて、なかを覗《のぞ》いてみる。

ウォッシャー液が残っていることくらいしかわからない。

頭をひねりながら、覗き込んでいると、

「どないしてん、エンジンがかからんの？」

その声に振り向くと、白いTシャツに革ジャンをはおり、ジーンズを穿《は》いた、茶髪の女が立っている。

「えっ？　ああ、はい……なぜかエンジンが急にかからなくなってしまって」

女の正体をいぶかりながら、言う。

「ちょっと見せてみ」

女は関西弁で言って、エンジンルームを覗くやいなや、

「こりゃあ、あかんよ。冷却水がほとんどないわ。よくここまで走ってこられたもんや」

あきれ顔で言う。

目鼻立ちのくっきりした顔とTシャツを大きく持ちあげた胸のふくらみを見て、章介の心臓は妙な具合に高鳴った。

（ヤ、ヤンキー風だけど、美人だ！）

流れるようなウエーブヘアは茶色と赤の中間のような色に染められているが、もともとの顔立ちがいいせいか、見方を変えれば、芸能人に見えなくもない。

しかし、そんな感慨に耽《ふけ》っている場合ではない。

「その、冷却水を足せば、また走るんでしょうか？」

「たぶんね……やってみないとわからんけど」

「でも、冷却水をどこかで買わないと」

「予備で持っているのがあるから、それを使えばええよ」

「えっ、でも……」

「ええねん。困ってるときはお互いさまや。待っとってな」

女が向かったのは、駐車場に停めてあるトラックだった。アルミバン仕様の、本体は赤いハイルーフでなかなか目立つ。

彼女は車のなかから、青い液体の入った容器を持ってきて、

「冷却水や。これ入れたら、しばらくは走れる思うで」

冷却装置のキャップを外し、青いクーラント液を慎重に注ぎ込んだ。残らず注いで、キャップを締める。

「これで大丈夫、エンジンかけてみい」

章介がしばらく待って、運転席でキーをまわすと、エンジンがまわりはじめた。

女がボンネットを閉めて、言った。

「とりあえずよかった。でも、ラジエーターの不具合でクーラント液がすっからかんになっとる。会社に戻ったら、よく調べてもらったほうがええよ」

「ありがとうございます」

女が立ち去ろうとするので、章介は車を出て、お礼を言った。

「じつは私、このNドラッグの本社に勤めていまして……」

名刺を渡した。それを見て、

「ふうん……すごいなぁ。経理部の課長さんか……うちにはとんと縁のない仕事やな」

女が興味なさそうに言った。

「あの、せめてお名前を……」

「名前？」

「はい、お願いします」

女が長財布のなかから、一枚の名刺を取り出した。

『R運送　難波《なんば》支部』とあり、『島村季里子《しまむらきりこ》』と名前が記してある。

「大阪難波の運送会社でトラックを運転してます。今日は東京まで荷物を運んできて、今夜はトラックのなかに泊まって、明日の朝には荷積みをして、大阪に戻る予定なんや」

季里子がすらすらと答えた。

自分の仕事に誇りを持っているのだと思った。

何歳で、どういう経緯《いきさつ》でトラッカーになったのか、夫や子供はいるのか——島村季里子のことをもっと知りたくなった。

章介は、藤田美詠子という素晴らしい女性とつきあっている。

だが、それはこれとは別だ。それに、抱こうとしているわけではない。

このヤンキーあがり風の美人トラッカーがどんな人生を送ってきたのか、とても興味を惹《ひ》かれてしまったのだ。

思い切って、言った。

「あの、今夜はトラックはどこに停めるんですか？」

「W電気の工場の駐車場や。そこでできた電化製品を明日積んで、大阪に向かうんや」

「その工場はどこに？」

「東京のT市やけど、それが何やの？」

「ああ、それなら、私が帰宅に使うのと同じJRの中央線ですね。島村さんにお礼をしたいんです。仕事が終わったら、名刺に記されたケータイ番号に連絡を入れます。もし時間が空いているようなら、夕食でもご一緒にいかがですか」

「ええんよ、そんなことせんでも」

「それは困ります。ぜひ、奢《おご》らせてください」

「あんた、妙なこと考えとるんやないの。言っとくけど、うちは子持ちやで。八歳の娘がおるん。まあ、今流行《はや》りのシングルマザーっていうやつや」

季里子がまさかのことを言った。

だが、章介は動じない。動じるはずがない。肉体目当てで誘っているのではない。あくまでもお礼をしたいのだ。

「失礼ですが、島村さんにますます興味が湧《わ》きました。それに、私は出張で全国を飛びまわっていて関西にもよく行きます。大阪の方には愛着があるんです」

「へえ、そうなんや……じゃあ、W電気近くの居酒屋ででも呑《の》もうよ。それなら、OKや」

「では、予約が取れたら、ケータイに電話します」

「わかったわ。じゃあ、またオーバーヒートすると大変や。早《はよ》う、車出さんとな」

「はい……では、ありがとうございました。また、今夜よろしくお願いします」

章介は深々とお辞儀をする。

そして、季里子が自分の赤いトラックに向かうのを確認して、車をスタートさせた。

その後、章介は慎重に運転して、どうにかして本社にたどりついた。

2

「今日はありがとうございました。季里子さんのお蔭で、助かりました。冷却水のお礼です。目一杯、食べて呑んでください。カンパイ！」

章介がジョッキを掲げると、季里子もカチンと小気味いい音を立てて、ジョッキをぶつける。

ジョッキに口をつけ、ぐびっ、ぐびっと豪快に嚥下《えんか》して、

「美味い！　奢られるビールはほんま美味しいな」

季里子が真っ白な歯を見せる。

小麦色に灼《や》けた肌に、オレンジ色のTシャツが映える。

季里子は着替えていた。

ぴちぴちのデニムのミニスカートを穿いていて、むっちりとした太腿《ふともも》が座卓の向こうに見える。しかも、オレンジ色のTシャツを持ちあげる胸のふくらみはビッグサイズで、前に屈むと、Vネックの胸元からたわわな乳房と深い谷間が見えて、目の遣《や》り場に困る。

この居酒屋は焼き鳥が名物らしく、セットで頼んでおいたら、鶏もも、ねぎま、じゅんけい、砂肝、つくねの一組五本のセットが二組出てきた。

季里子は鶏ももを豪快に串から直接咥《くわ》え込み、むしゃむしゃして、

「美味いわ。難波で食べる焼き鳥より美味い。大したもんやね」

感心したように言う。

「いや、関西の焼き鳥も美味しいですよ。そういえばこの前、姫路で『ひねポ

ン』という鶏料理を食べました。ひね鶏をポン酢で食べるもので、いい味が出ていましたね」

章介は美詠子とのことを思い出して、言う。

「姫路の『ひねポン』はおもろい味がするよね。そういえば、この『じゅんけい』は部位を指すんじゃなくて、ひね鶏の肉らしいな。ひね鶏ちゅうのは、若鶏やなくて、卵を産み終わったあとのひねた鶏ってことやねんな」

「なるほど、この『じゅんけい』っていうのは、親鶏のメスの肉ってことですか？」

「食べると、決して柔らかくはない。せやけど、その硬さがヤミツキになる。まあ、うちみたいなもんや。うちも子供を産んどるしな。硬いけど、食べたら味があって、ヤミツキになるよ」

季里子がドキッとするようなことを言う。

「いや、硬いとは思えませんけど……」

章介はついつい大きくて柔らかそうな胸のふくらみに視線を落とした。

「今井さん、意外とスケベやな」

「ああ、すみません」

「ええんよ。うちだって、見てほしくてこんな格好しとるんやから。だいたいの男は見るねん。ただそれを、言うか言わんか、隠すか、あるいは覚《さと》られるかだけの違いや。あんたは素直なんやろな」

「……ダメですね。会社では経理のチェックをしているんだから、感情が出ないようにしないと」

「経理のチェックで、全国をまわっとるん？」

「ええ……とくに西日本の都市を集中して。だから、大阪にもよく行きます」

「そうなんや……今度来たときは、声をかけてほしいんやけど。難波の美味いもん食べさせたるから」

「ありがとうございます」

二人はその後も生ビールを呷《あお》り、焼き鳥を食べる。

『じゅんけい』はやはり硬い。しかし、嚙《か》めば嚙むほどに味が出る。

（季里子さんも同じで、嚙むほどに味がするんだろうか？）

彼女のことをもっと知りたくて、それとなく若い頃のことを訊《き》きだした。

季里子はかつてはレディースのヘッドだったと言う。そのときの特攻服を着ているときの写真もスマホで見せてもらった。

こういうのを『マブい女《すけ》』と言うのだろう。

白い刺しゅうで名前を入れた紫色の特攻服を着て、胸を白いサラシで巻いた姿は、目力も強く、きりっとしていて、最高にきれいだった。

季里子はその後、暴走族あがりの三つ年上の男と結婚して、娘を産んだ。

夫は運送会社で長距離トラッカーとして、よく働いてくれた。

しかし、四年前に癌で亡くなった。癌が見つかったときはすでにステージ4であっけない最期だったという。

その時、季里子は三十二歳。シングルマザーとして娘を育てるために、夫の跡を継いでトラッカーになった。

季里子の母親が近くに住んでおり、仕事中は、母親に娘の面倒を見てもらっているらしい。

（そうか……季里子さんも未亡人ってやつか。美詠子さんと一緒だな）

不思議な縁を感じた。

それ以上に、季里子が歩んできた苦難の道を思った。とくに今は、女手一つで娘を育てているのだ。女性の社会進出が叫ばれている現在だが、女性の長距離トラッカーは肉体的にも大変だろう。

ガソリン代もあがっているし、とくに運送業は茨《いばら》の道だと聞いている。それと比べたら、自分などは甘い道を歩いていると恥じた。

五年前に性格の不一致で離婚したが、自分で娘を育てているわけでもなく、家だってちゃんとある。それに、今は姫路に藤田美詠子という恋人がいる。

遠距離恋愛でなかなか逢えないのが難点だが、それさえ我慢すれば、あれほどいい女はいない。

頼んだ枝豆は新鮮で、塩が適度に効《き》いていて、美味かった。莢《さや》から押し出して、口のなかに放り込み、むしゃむしゃ食べる。

冷や奴《やっこ》をぺろりと平らげた季里子が訊いてきた。

「それで、今井さんはどうやねん？　もちろん結婚しとるんやろ？」

「いえ……今は独身です」

「今は？」

「ええ。五年前に別れました。今はひろい家にひとりで住んでいます」

「そうか……大変やったんやな」

「いえいえ、俺なんか、季里子さんと比べたら……」

「もう一回、カンパイしようか。お互いの独身生活にカンパイ！」

季里子がジョッキを掲げて、章介もかるく合わせる。

ごくっ、ごくっと爽快《そうかい》な喉音を立てて呑んで、

「うはぁ……たまらんよね。労働のあとのビールは」

季里子が言った。ある意味、この人は自分なんかより、ずっとスパッとしたまっとうな道を歩いている。

二人は居酒屋で二時間ほど呑んで、店を出た。

トラックが停めてある工場までは徒歩五分だと言うので、章介は送っていくことにした。

「ええんよ。うちを襲おうなんて思う男はひとりもおらんし」

「それはわかりません。それに、大型トラック自体に興味もありますし」

「ふうん……」

途中にあったコンビニで、季里子は缶ビールとフルーツの入ったプリンを買った。スイーツを購入したのが意外だった。

工場のひろい駐車場の一角に、季里子のトラックが停まっていた。他にも車はあったが、人気《ひとけ》はまったくなかった。

「では、そろそろ……」

章介が踵《きびす》を返そうとすると、季里子が言った。

「トラックに興味があるんやろ、乗っていかへん？」

「いいんですか？」

「ああ、奢ってくれたお礼や。そっちから乗って」

季里子は電子キーでドアを開けて、運転席に乗り込んだ。

車内灯が点《つ》いて、季里子とともに運転席が浮かびあがる。お守りやらヌイグルミやらが目立つ、女の人っぽいインテリアの運転席だった。

「入って」

助手席側のドアが開き、章介はステップに足をかけて、よいしょとばかりにあがる。

芳香剤だろうか、室内は甘いシトラスの香りがした。

トラックの助手席はひろくて快適だった。隣の運転席に、ミニスカートを穿いて、革ジャンを着た季里子がいる。

ドライブが男と女が親しくなる手段だということがよくわかる。こうして、同じ空間にいると、ごく自然に二人の心の距離感も縮まる。

「食べよ」

季里子がコンビニで買ってきたフルーツ入りのプリンを差し出してきた。

「いただきます」

二人は小さいスプーンでプリンを口に運ぶ。

季里子がスイーツを食べているところを見ると、とても安心できる。

ちらちらと周囲を見まわして、章介は疑問点をぶつけてみた。

「あの……ベッドスペースがないんですけど、ここでどうやって仮眠とか取られるんですか？」

「ああ、よう気づいたね。座席の後ろにベッドスペースがあるのは、フルキャブと言うんや。これはないやろ？」

「ええ、ないですね」

「ショートキャブと言ってな。この場合、ベッドは……」

季里子が天井を指さした。

「えっ……この上ですか？」

「そうなんよ。これがハイルーフだってことは気づいたやろ？」

「ええ、この上のルーフが随分とあがっていましたね。ということは……」

「そういうこと。あがってみる？」

季里子がルーフの一部を蓋を開けるようにして持ちあげ、小さな梯子《はしご》を取り出した。そこから上へと昇っていく。

「ええ」

季里子の姿が消えて、

「ええよ。あがってきて」

声がする。

章介もその後をついて梯子をあがった。すると――。

狭く細長いスペースに薄いマットレスが敷いてあって、その上で季里子が横臥《おうが》して、こちらを見ていた。

章介の目を惹《ひ》いたのは、ミニスカートのなかだ。

むっちりとした太腿の奥に、Tシャツと同じオレンジ色のパンティがのぞいていたからだ。しかも、土手高《どてだか》で食い込みがある。

股間のものが一気にいきりたった。

「昇ってええよ。あがって、蓋を閉めて……狭いけど、二人ならどうにか横になれるわ」

章介は同じような空間があったことを思い出していた。

そう、カプセルホテルだ。

そういえば、あそこも二階のスペースの場合は梯子を昇っていく。

小さなルームランプが点いて、空調も効いているようだ。

「すごいですね。知らなかったですよ。まさか、ここにベッドがあるとは」

「そうやろ？　普通の人は思いもせんよね。もともとハイルーフは走るときの風の抵抗を減らすために作られたもんやし。そのデッドスペースをベッドスペースに利用するとは、これを考えた人は天才や」

「そ、そうですね……そう思います」

答えながらも、章介は股間のものがむくむくと頭を擡《もた》げてくるのを感じていた。

無理もない。カプセルホテルの狭い空間に、男と女が向かい合って横臥している状態を考えてほしい。顔はわずかに離れているが、砲弾形に突き出した胸のふくらみは接しているし、足もわずかに触れている。

しかも、相手はヤンキーあがりの美人トラッカーで、シングルマザー。元レディースのヘッドをやっていたという事実には少しビビる。しかし、実際はとてもやさしいし、暴力的なところはまったくない。

それに、ヤンキーは男をかきたてる要素を持っている。

「どうしたんや、緊張しとるん？」

季里子が横臥したまま、微笑《ほほえ》みかけてくる。

「え、まあ、いや……」

これは緊張というより、昂奮だろう。

小麦色に灼けた肌と大きな胸の一部が章介に接しているし、ミニスカートから突き出たむっちりとした足も膝《ひざ》の間に入り込もうとしている。

3

次の瞬間、季里子が顔を寄せてきた。

あっと思ったときはキスされていた。

季里子は薄いルージュの引かれた唇を押しつけながら、手をズボンの股間に伸ばしてくる。

(うおおっ……無理だ。抑えろというほうが無理だ！)

章介もおずおずと、季里子を抱きしめていた。

自分には遠距離恋愛の恋人がいるのだから、こういうことをしてはマズい。そんなことはわかっている。

しかし、ハイルーフの狭いベッドスペースで、こんないい女と向かい合ったら、どんな男だって理性を失うだろう。

「カチンカチンやな。あんた、呑んでるときから、うちを狙ってたやろ？」

季里子がいったん唇を離して、微笑む。

「いや……でも、そう言われれば……あっ、くっ……！」

ギンギンになったイチモツをズボン越しにぐいとつかまれて、章介は唸る。

「元ヤンは初めてやろ？　経理部の会計チェックいうたら、真面目やないと勤まらんしね。ヤンキーは避けて通ってきた口やろ？」

季里子が至近距離で言う。息にはさっき食べていたフルーツ入りプリンの甘い香りが含まれている。

「いや、たんに接触する機会がなかったというだけで……季里子さんのような素敵な方でしたら、もう、絶対にアリです」

バカなことを言ってしまった、と思ったが、心の真実だからしようがない。

「あっはは……うちはアリか。うちに言わせたら、あんたもアリやで」

艶《なま》めかしくはにかんで、季里子は狭いスペースで苦労して、革ジャンを脱いだ。

そして、オレンジ色のTシャツを頭から抜き取る。

やはり、パンティと同じでブラジャーもオレンジ色だった。

豪快に飛び出した砲弾形の乳房に見とれていると、

「あんたも早う脱ぎ」

季里子がせかしてくる。

自分は藤田美詠子とつきあっているのだから、他の女性を抱いたら彼女を裏切ることになる。しかし、だからといって、この状況で肉体を頂戴しないのは相手の女性を傷つけることになる。

章介は急いで、ジャケットを脱ぎ、ズボンをおろす。

すると、オレンジ色のブラジャーとハイレグパンティ姿になった季里子が、横臥したまま手を伸ばしてきて、章介のワイシャツのボタンをひとつ、またひとつと丁寧《ていねい》に外し、ワイシャツを脱がしてくれる。

(やさしいんだな)

たとえ同じことをされても、相手がヤンキー風の女性だと、そのギャップにいっそう萌《も》えてしまうのだ。

章介がつけているのは灰色のブリーフだけ、季里子はオレンジ色のブラジャーとハイレグパンティー──。

そんな二人がこのカプセルホテルに似たスペースで、密着していたら、やることはひとつしかない。

このときも最初に動いたのは、季里子だった。

季里子は顔を寄せ、唇を奪いながら、手をおろしていき、ブリーフのなかにすべり込ませてきた。

ひんやりとした指が肉茎を上からつかみ、なぞる。

巧みなディープキスで舌をあやしながら、イチモツを指でしごかれると、章介はもう全身がはち切れそうな欲望に満たされる。

こうなると、自分も仕掛けたい。

章介は舌をつかいながら、季里子の背中に手をまわして、ブラジャーのホックを外した。すると、ゆるんだブラジャーを季里子がみずから抜き取った。

(デカいな……!)

こぼれてきた乳房は砲弾形にせりだしている。しかも、水着の跡なのか、ふくらみの裾野《すその》から上はやけに仄白《ほのじろ》く、小麦色に灼けた肌との対比が鮮やかだった。

この砲弾形のオッパイを前にして、昂《たかぶ》らない男はいないだろう。

（レディースのヘッドだった頃には、このたわわなオッパイをサラシで巻いて暴れていたんだろうな。ひと暴れしたあとには、サラシを解いたこのオッパイを男にモミモミされて、戦いのあとの情事を満喫していたのかもしれない）

などと、想像が勝手にたくましくなる。

章介は右手で乳房を揉《も》み、左手でパンティの上から股間をさする。そうしながら、キスをつづける。

季里子も同じようにキスをして舌をからめながら、ブリーフを持ちあげている勃起《ぼっき》を握ってしごく。

季里子の腰は前後に揺れ、パンティの下もねっとりとした潤《うる》みを増し、赤い乳首は硬くしこってきた。

ついには、パンティの基底部にシミが滲《にじ》んできて、

「ぁあああ、もう、あかんわ……これが欲しなった」

季里子はいきりたちをじかに握って激しくしごき、それから、自分のパンティをおろし、身体をくねらせて、足先から脱いでいく。

密生した細長い翳《かげ》りが見える下腹部は、パンティの部分だけ白い肌が残っている。

章介もブリーフを脱ぐ。

すると、季里子は章介を仰向《あおむ》けに寝かせて、その上に尻を向ける形で覆《おお》いかぶさってきた。

ハイルーフは二人が折り重なって、季里子が少し頭をあげるくらいの高さはある。長さは二メートル弱だろうか。

（フェラをするにしても、普通のやり方では縦の空間が狭すぎて、できないってことか。確かにシックスナインならもっとも効率的に空間を使えそうだ）

目の前に、季里子の発達したヒップがせまってきた。

もともとは色が白いのだろう。光沢のある抜けるように白い尻たぶが目の前にあって、その狭間《はざま》の小さなアヌスと肉の割れ目がクローズアップされている。ふっくらした陰唇《いんしん》がわずかにひろがって、内部の濃いピンクがぬめぬめと光っていた。

（肉厚のぽってりマ×コだけど、色はすごくきれいだな……粘膜が、どピンクだ！）

そこに触れようとしたとき、下腹部のものが一気に温かい口腔《こうこう》に包まれて、

「あっ、くっ……！」

章介は思わず呻《うめ》いて、そこを見た。

M字に開いた二本の太腿《ふともも》が織りなす台形の向こうで、季里子のぽってりとした唇が肉柱を根元まで頬張《ほおば》っている姿が目に飛び込んできた。

（ああ、いきなりあんなに根元まで咥《くわ》えて……！）

柔らかくウエーブした茶髪がゆっくりと上下に揺れて、たっぷりの唾液《だえき》がぐちゅ、ぐちゅと音を立てる。

唇がすべっていき、イチモツが蕩《とろ》けながら充溢《じゅういつ》してくるような圧倒的な快感がうねりあがってきた。

このまま、身を任せたい。しかし、目の前の息づく花園を放っておくことはできない。

章介は顔を持ちあげて、狭間を舐《な》めた。ぬるぬるっと下から上へと舌を這《は》わせると、

「うぐっ……！」

季里子がびくっとして、頬張ったまま、くぐもった声を洩《も》らした。

その身体の震えが、章介を煽《あお》り立てる。

幾度も狭間を舐めた。濡れた粘膜が舌に心地よい。

「んんんっ……んんんんっ……」

季里子はクンニされる快感をぶつけるように、激しく唇をすべらせる。

章介が下方のクリトリスをかるく吸ったとき、

「ぁあああ……！」

季里子は肉棹《にくざお》を吐き出し、悦《よろこ》びの声をあげて、かるくのけぞった。

（そうか、クリちゃんが感じるんだな）

つづけざまに肉芽《にくが》を舌で弾《はじ》いた。上下左右に舌をつかい、また吸い込んだ。

「ぁあああぁ……それ、ええよ。わからんようになる。それされると、わからんようになる……ぁあうぅぅ……堪忍《かんにん》や」

季里子が言った。

まさか、この人から『堪忍』などという言葉を聞けるとは思わなかった。

「堪忍しませんよ。もっと吸ってやる」

章介は肉芽を頬張って、ちゅっ、ちゅっ、ちゅっと断続的に吸引する。すると

それに合わせて、

「あっ、あっ、あっ……ぁあああ、堪忍や……」

季里子は喘《あえ》ぎ、また許しを請うた。

章介がつづけざまにクリトリスを吸い、舐め、弾くと、季里子がくなりくなりと腰を揺らし、

「ぁああ、もうあかん。これが欲しい。このチンコ入れてえな」

屹立《きつりつ》を握って、訴えてくる。

4

季里子は狭いスペースのなかで身体の向きを変え、章介と対面する形で下半身にまたがってきた。

上体を立てれば、ルーフに頭が当たってしまうので、低い姿勢を保っている。ルーフにぶつからないように極端に前屈みになって、いきりたっているものをつかみ、翳りの底に押しつけた。

幸いに、章介の屹立は鋭角に勃《た》っている。

季里子は潤みきった箇所を亀頭部《きとうぶ》に擦《こす》りつけてから、腰を後ろに突き出した。

すると、角度がぴたりと合った肉柱がぬぬりを押し広げていく確かな感触があっ

て、
「あうぅ……！」
季里子が低く呻いて、頭を撥《は》ねあげる。
途端に、ガツンと頭がルーフにぶち当たる音がして、
「痛ァっ……！」
季里子が頭を押さえた。
「大丈夫ですか？」
「ああ、平気よ。忘れとったわ、ここがどこか……あかんな。トラッカーとして
は恥《は》ずかしい話や。それだけ、気持ち良かったちゅうことやね……ぁああ、忘れ
とったわ、チンポの感触。ぁああ、気持ちいい。たまらんな、やっぱり……ぁ
あああ、気持ちええよ」
季里子が腰を振りながら、しがみついてくる。
騎乗位の場合は女性が上体を立てる。しかし、今は頭を打ちつけないようにか
なり密着する形で腰を揺らせている。
普通ではしない体位が新鮮であり、また、乳房の先も間近にあり、それが気持
ち良かったりする。

女性としてはかなり動きづらいはずだ。

しかし、季里子は貪欲《どんよく》に快感を求めて、全身を前後にスライドさせながら、腰をくいっ、くいっとつかって屹立を擦り、締めつけてくる。

ついには、季里子は顔を寄せて、唇を吸ってくる。

唇を重ね、舌をからませる。上から舌を侵入させ、口腔を縦横無尽に走らせながら、ぎゅっ、ぎゅっと肉路でイチモツを締めつけてくる。

(おおぅ、すごい……締めつけが強い。おおぅ……!)

熱く滾《たぎ》ったとろとろの粘膜が巾着《きんちゃく》のように、分身を食いしめながら、前後にスライドする。

それが、キスと相まって、ひどく気持ちいい。

こうなると、章介としては突きあげたくなる。

背中と腰をがっちりとつかんで引き寄せ、下から腰を撥ねあげてやった。

すると、いきりたつものが小気味よく体内を斜めにえぐっていって、

「あんっ……あんっ……ぁあああ、気持ちええ……最高や。オメコが蕩けるようや」

顔の横で、季里子が囁《ささや》く。

「俺も気持ちいいです。季里子さんのオメコ、締まりがいい。抜群です。おおぅぅ……！」

激しく連続して突きあげると、気のせいか、トラックが揺れているような気がする。

わずかだが、確かに波打っていて、それが醍醐味《だいごみ》でもある。

もっと揺らそうと、連続して突きあげていた。疲れて少し休むと、

「……イキとうなってきたわ。うち、この格好じゃイケんのよ。下にならんと」

季里子が求めてきた。

「いいですよ。じゃあ、俺が上になります」

季里子は結合を外して、章介の隣に仰向けに寝た。

章介も苦労して位置を変え、頭をぶつけないようにして、季里子のすらりとした足の膝《ひざ》をすくいあげる。

すると、季里子がみずから膝をつかんで、足を開いてくれた。

ついさっきまで男根を受け入れていた膣《ちつ》は妖《あや》しいまでにひろがって、内部の赤みをのぞかせている。しかも、濃いピンクの粘膜が物欲しそうにうごめいて、連動するように尻の孔《あな》も窄《すぼ》まるのだ。

ハイルーフのベッドスペースに窓はないが、小さなルームランプが点いており、その明かりを上から受けて、美人トラッカーの媚肉《びにく》はてり輝いている。

章介がイチモツを沈めていくと、窮屈な肉路をこじ開けていく感触があって、

「はうぅぅ……！」

季里子が顎《あご》をせりあげた。

温かいぬめりに包まれるのを感じながら、章介は覆いかぶさっていく。頭をぶつけないように気をつけて、腕立て伏せの形で腰をつかった。

ぐいっ、ぐいっと打ち込みながらすくいあげていくと、

「ああ、やっぱりこれや……下になったほうが気持ちええ。ぁああ、カチカチや。あんたのおチンポ、カチカチやわ……あんっ、あんっ、あんっ」

季里子は顔をのけぞらせて、いい感じで喘ぐ。

茶髪が波打ちながらマットに散って、顔があらわになっている。

季里子は小麦色に灼けて、顔立ちがととのっている。化粧の仕方や喋り方を変えて、色白になったら、どこかいいところのお嬢さんとしても通用しそうな品のいい器量よしだ。

章介は顔を寄せて、キスをする。

すると、季里子もしがみつきながら、情熱的なキスを返してくる。章介は唇へのキスをやめて、首すじから胸元へと舐めおろし、乳首にしゃぶりついた。

体の一部がわずかにルーフに触れているが、問題はない。

背中を曲げて、乳首を舐めしゃぶった。

大きなふくらみを揉みしだきつつ、舌先でれろれろっと撥ねる。すると、季里子は、

「あんっ……」

びくっとして、膣《ちつ》をぎゅっと締めつけてくる。

つづけて乳首を舐めるうちに、膣のひくつきが強くなって、屹立を内へ内へと引きずり込もうとする。

（ああ、吸い込まれる！）

陶然《とうぜん》としつつも、章介はここぞとばかりに打ち込んでいく。

季里子はイキたいから、この体勢を取った。ならば、絶対に気を遣《や》ってほしい。

しばらくセックスしていないと言っていたから、性に飢えているんじゃない

か。だとしたら、自分のような者が相手でも昇りつめる可能性はある――。

章介は両手で肩を抱き寄せ、衝撃が逃げないようにして、連打した。

ぐいっ、ぐいっ、ぐいっと勃起が深いところに潜り込んでいって、

「あっ、あっ……あっ……ぁあああ、ええよ。ええ……イきそうや。うち、イキそうやわ……イッてかまへん？」

季里子が打診してくる。

こう訊かれて、イクなという男はまずいないだろう。

「いいんですよ、イッて……そうら、いいんですよ」

下から肩を引き寄せて、深いところに打ち込んでいくと、季里子はすらりとした足を腰にからめて、もう逃がさないとばかりに引き寄せて、

「あん、あん、あんっ……イクで、イクで、イクで……イグぅ……いやぁああああああああ！」

トラック中に響きわたるような声をあげ、のけぞり返った。

顎を突きあげたまま、二度ばかり痙攣《けいれん》し、それから、ぐったりとして動かなくなった。

5

ハイルーフのベッドスペースでしばらく休んでいると、季里子が言った。

「あんた、煙草吸うんやろ。ええんよ、吸って」

「いや、でも、車内は禁煙じゃないんですか？」

「アロマの香りで消しとるけど、かすかに煙草の匂いがするやろ？」

「……確かに、そう言われれば」

「うちも喫煙者なんや。居酒屋じゃあ、我慢しとったんよ。けどもう吸いたくて我慢できんわ。一発やったあとのタバコは最高やから」

「よろしければ、俺も……」

「じゃあ、煙草は下にあるから、下で吸おうか。降りよ」

そう言って、季里子は下着なしでデニムのミニスカートを穿き、革ジャンをはおって、開口部の階段を降りていく。

章介は下着をつけないわけにはいかないので、下着と服を着て、キャビンに降りていく。

季里子が運転席に、章介は助手席に座る。

それぞれの煙草に火を点けて、ぷかっと一服吹かす。

ニコチンとタールを含んだ、いがらっぽい煙が気管支を通って肺へと降りていき、そのわずかな痺《しび》れと香りが心地よい。

もちろん、ニコチンとタールの中毒の産物なのだが、煙草を吸うためには、深く呼吸をする。それが深呼吸の役割も果たして、気持ちが落ち着くし、生き返ったような気分になるのかもしれない。喫煙するということは、適度な害と再生の繰り返し——。

ちらっと横を見て、ドキッとした。

季里子は素肌の上に革ジャンをはおっただけなので、黒い革ジャンの内側には左右の丸みの内側がのぞいてしまっている。乳首がぎりぎり見えないのがひどく男心をそそる。

しかも、季里子は両切りの缶入りピースを吸っている。

今、車内に漂っている『仄《ほの》かに甘く、華やかな香り』は両切りピース独特のものだ。

ダッシュボードに置かれた紺色の缶ピースが懐かしい。

「缶ピース、ひさしぶりに見ました」

「ああ、格好つけとるだけよ。どうせ吸うなら、格好つけんとな。フィルターがついとらんから、吸うのに苦労するねん。これ、喉が灼けるような強烈さが癖になるんよ。吸うてみる？」

「ああ、はい……」

章介は渡された煙草をトントンして、吸い口を作り、咥えて火を点ける。

一服した瞬間、その強烈な風味に喉をやられて、

「うふっ、ぐふっ」

激しく噎《む》せた。

「あはは、フィルター付きに慣れていると、そうなるんよ。せやかて、昔はフィルターなんてなかったんやからな」

確かにそうだ。昔の人の喉や肺は強靭《きょうじん》だったに違いない。

最初は噎せたが、慣れるにつれて、その美味しさが伝わってきた。煙自体にも特有のフレーバーがあって、美味しい。

二人の吸う両切りピースの独特な香りで車内が満たされる。

「キスしようか？　両切りピースキスやな」

季里子が乗り出すようにして顔を寄せてくる。

章介もそれに応えて、唇を合わせる。季里子の口からは両切りピース特有の微香がして、舌をからめるうちに、また股間のものが頭を擡げてきた。

季里子がキスしながら、章介の手を革ジャンの内側に導いた。温かい丸みを感じて、おずおずと揉むと、柔らかな肉層が沈んで指にまとわりついてくる。

顔を離して、季里子が言った。

「あんた、まだ出してないやんね？」

「えっ、ああ、まあ、はい……」

「あの狭いなかでは、なかなか自由に動けんからな。どう、もっと自由に動けるところで、もう一回しよか」

「自由に動けるところって？」

「そこ」

季里子が荷台を指さした。

「今、荷台はすっからかんや。自由に動けるし、ほんまは、うちがもう一回したいんや。あかん？」

「いえいえ……させていただけるものなら」

「ほんなら、行こ」

季里子はピースを消して、キャビンから降りる。章介も同じように外に出た。トラックを停めてある駐車場から工場が見える。今の時間は、もうすべてが止まっていて、不気味なくらいに静かだ。

「今、ここにいるのは守衛さんだけや。オッチャンにはうちがトラックで寝ることは言うてあるから。呼ばんと来んから、安心しいや」

季里子は後ろにまわって言い、後部ドアのハンドルをまわす。

このトラックの荷台はアルミバンで、形としてはコンテナが載っているようなものだ。

「行くで」

季里子が乗り込み、章介もそのあとから昇る。

室内灯が点いていて、なかはけっこう明るい。季里子がリアドアを閉めたので密室になった。

床材が敷いてあり、サイドパネルには荷崩れ防止用の機具が取り付けられているが、荷物はひとつも載っていないので、全体にガランとしている。

季里子はもう待ちきれないとばかりに抱きついてきて、キスをする。

キスをしながら、ズボンの股間を撫《な》でさすり、ベルトをゆるめる。

それがまた力を漲《みなぎ》らせると、章介のズボンとブリーフを脱がせた。

季里子は章介をサイドパネルに押しつけて、その前にしゃがむと、いきりたつものをいきなり頬張ってきた。

一気に根本まで咥え、大きく顔を打ち振る。

下を見ると、革ジャンの前がはだけて、二つの乳房がちらちら見える。赤い乳首までものぞいて、トラックの荷室で目にする尖《とが》った乳首は鮮烈だった。

すべっていく唇の適度な締めつけが気持ちいい。

「んっ、んっ、んっ……」

季里子は激しく唇を往復させる。いったん吐き出して、裏筋をツーッ、ツーッと舐めあげてくる。そうしながら、皺袋《しわぶくろ》を手ですくいあげるようにして、やわやわとあやしてくるのだ。

（おおぅ、たまらん……！）

同じフェラチオでも、トラックのアルミバンのなかでされていると思うと、まったく快感の度合いが違うのだ。やはり、初めての体験は昂奮するものらしい。

季里子は右手で怒張《どちょう》を握って、しごきはじめた。

強く上下に擦りあげながら、見あげてくる。

相手の男が自分の愛撫で感じていくさまを確かめているかのようで、その目付きがたまらなかった。

季里子はまた唇をかぶせる。

今度は、根元を握ったままだ。

そして、同じリズムで指と口のストロークをはじめた。

ぐちゅ、ぐちゅと淫靡《いんび》な音がして、徐々に首振りと指のストロークが速くなった。

「んっ、んっ、んっ……！」

つづけざまに口と指でしごかれると、章介はいい具合に高まってきた。

「ああ、季里子さん、そろそろ……」

訴えると、季里子は吐き出して、立ちあがった。

それから、サイドパネルに両手を突いて、腰を後ろに突き出してくる。ストレッチの背伸ばしの格好である。

挿入《そうにゅう》する前に、章介は真後ろにしゃがんだ。デニムのミニスカートからこぼれた熟れた尻たぶの底を、ぬるっと舐めあげると、

「ぁあああ……ええんよ……あんたのベロ、ほんま気持ちええわ……ぁああ、あ

「ああ、あかん……もう、あかん……入れてぇ、早うっ！」

季里子が切なげに尻をくねらせる。

物欲しそうに腰を前後に揺すって、左右に振る。その欲しがり方が卑猥《ひわい》だった。

章介は真後ろに立って、足を開いて踏ん張った。

腰を引き寄せながら、押しつけていくと、切っ先が膣口《ちつぐち》をざっくりと割って、あとはスムーズにすべり込んでいき、

「はうっ……！」

季里子がパネルに突いた手に力を込めた。

革ジャンの張りつく背中を弓なりに反らせて、衝撃を受け止め、それから、早く突いてとばかりに、自分から腰を動かしてくる。

それに合わせて、章介も肉の棹《さお》を送り込んだ。

（ああ、すごい。なかがぐにゃぐにゃ動いてる。熱い、とろとろだ。くうぅ！）

床に足を踏ん張って、ずんずん打ち込んでいく。

「あん、あんっ、あんっ……ぁああ、声が出るわ……あかん、我慢できひん……あん、あんっ、あんっ！」

季里子がこらえきれない喘ぎ声を洩らす。

（感じてくれている。俺だって、やればできるんだ！）

藤田美詠子と関係を持ってから、少しずつ自分のセックスにも自信がついてきた。

じつは、五年前の離婚の原因は性格の不一致ということになっているが、実際は妻に男ができたのが決定的要因だった。

つまり、それだけ章介には男としての魅力がなかったということだ。

そんな章介にも、五十路《いそじ》を迎える前に、男性的魅力がついてきたということなのだろうか。

いや、たんにラッキーなだけなのかもしれない。

章介が力強く立ちバックで打ち据《す》えると、パチン、パチンと乾いた音がして、トラックが揺れる。

詳しいことはわからないが、このトラックはサスペンションが柔らかいのか。

ただ、その揺れが新鮮で、気持ちが高まる。

章介は後ろから手をまわし込んで、革ジャンの前からすべり込ませた。

ノーブラの乳房はたわわなうえ柔らかくて、揉むほどに沈み込む。

それとわかるほどに乳肌がしっとりと汗ばんできて、頂上の突起のびっくりするような硬さとせりだし方に昂奮する。

側面を指で挟んで転がす。そうしながら、後ろから打ち込んでいく。

奥へと送り込んでおいて、ぐりぐりと子宮口を捏《こ》ねると、

「ぁあ、そこ、ええよ……そこや、そこ……ぁああ、もっとぐりぐりしてや……ぁああ、あかん。そこ、あかん……！　ぁあああうぅぅ」

季里子の顔がのけぞって、がくん、がくんと膝が落ちかかる。

章介はもっと強く打ち据えたくなった。

季里子の右手を後ろに持ってこさせて、腕をつかんだ。

つづけざまに突くと、

「ぁああ、この格好……たまらんわ。なんやこれ、たまらんて……ぁああ、響いてくる。ズンズン来る……」

季里子は立ちバックで、左手をサイドパネルに突き、右手を後ろに引っ張られる形で、あんあん喘ぐ。

喘ぎ声が外に洩れないか心配だが、密室状態だからほとんど聞こえないだろう。たとえ洩れたとしても、また、トラックが微妙に揺れていたとしても、近く

に人はいないから問題はない。

かるくウエーブした茶髪が揺れるのを見ていると、章介もいよいよ追い詰められた。

「ぁああ、出そうだ」

訴えると、季里子が言った。

「ええんよ、出しても……今日は大丈夫な日やから……出して、あんたのが欲しいわ。出して、出してかまへん……」

季里子がそう言ってくれたので、章介はその気になった。

「季里子さん、行きますよ」

章介は右手を後ろに引っ張って、腰を叩きつける。

「あんっ、あんっ……ぁあああ、ええよ、ええんや……そこ、もっと深く！」

「こうですか？」

章介がぐいっと打ち据えると、がつんと何かが当たる感触があって、

「ぁああ、それや……そこ、そこ……ぁああ、突いて。突いて……そうよ、そう……ぁあああ、あかん、イク、イグ……」

「おおぅ、イッてください。俺も出します……おおぅ！」

章介は最後の力を振り絞った。

連続して叩きつけると、トラックの揺れも大きくなって、それでいっそう反動がつく。ひときわ強く打ち込んだとき、

「イク、イク……やぁあああああぁぁぁぁ！　はうっ！」

季里子がのけぞって、がくん、がくんと躍りあがった。

膣の収縮を感じて、もうひと突きしたとき、章介も放っていた。

吼《ほ》えながら、男液をしぶかせる。

熱い男液が細い管を押し広げて発射する快感が背筋を貫《つらぬ》き、章介はしばらくその圧倒的な快楽に身を任せていた。

第四章　空閨《くうけい》を守る女将の願い

1

名古屋駅からJRで十五分ほどの駅を降りて、すぐのところに麺専門店『高《たか》柳《やなぎ》』がある。

今井章介は名古屋に出張のときは、必ずここで味噌煮込みうどんを食べることにしている。

その夜も、市中心街の栄《さかえ》地区にあるNドラッグの支店で経理チェックを終えた章介は、『高柳』へと急いだ。

章介は味噌煮込《みそにこ》みうどんが好きだ。いや、それは正しい言い方ではない。正確に言えば、『高柳』の味噌煮込みうどんが大好きだ。

名古屋出張が決まった時点から、あの甘辛く、煮込むほどに味わいが深くなる味噌煮込みうどんを思い出して、涎《よだれ》が出てしまう。

（マズいな。閉店時間が午後九時だから、急がないと間に合わない！）

章介は駅の階段を駆けあがった。

味噌煮込みうどんは、きしめんと並んで名古屋の麺類の名物である。したがって、この近くにも名店と呼ばれる店は幾つかある。実際にそこで食べた。

しかし、それらは『高柳』をしのぐ味ではなかった。どうしても『高柳』の味噌煮込みうどんの味が忘れられないのだ。

ＪＲの駅で電車を降り、改札を出てから、章介は走った。

すでに、閉店時間を五分ほど過ぎている。

（ダメか……）

猛ダッシュして、店の前までたどりついたときは、着物に割烹着《かっぽうぎ》をまとった女将《おかみ》が暖簾《のれん》をしまおうとしていた。

章介は立ち止まって、

「へ、閉店ですか？」

息を切らしながら言う。

章介を見た女将は、

「あらっ……今井さん。出張だったのね」

「はい……すみません。もっと早く来たかったんですが、仕事が終わらなくて」

章介は馴染《なじ》み客だから、女将も名前を知っている。

女将は高柳靖子《やすこ》と言う。

四十一歳らしいのだが、肌に張りや艶《つや》があり、表情も所作《しょさ》も若々しく、まったく歳を感じさせない。

現在はかつての四十路《よそじ》とは違うのだ。

「大丈夫よ。味噌煮込みうどんでしょ。いいわよ」

靖子が口角《こうかく》を吊《つ》りあげた。愛らしく、艶《なま》めかしくもある。

「いや、でも……申し訳ないです」

「いいと言ってるでしょ。さあ、入って……一応、暖簾は下ろしておくわね」

靖子は章介を店に入れて、すぐあとにつづく。

店に客はおらず、店員もいない。

章介がカウンター席についたとき、奥から三十代後半の男が出てきた。

「岸本《きしもと》さん、もう帰っていいわよ。あとはわたしがやるから」

靖子が声をかける。

岸本はうどん打ち職人で、章介が店に初めて来たときには、すでにうどんを打っていたから、もう六年以上はここで働いているはずだ。

この店は本格的手打ちうどんがウリで、岸本がうどんを打ち、それを靖子が調理する。忙しいときはパートを雇っているが、今日はいないようだ。

「俺も残りますよ」

岸本がぼそっと言う。

「気持ちはありがたいけど、岸本さんにはもう休んでほしいの。明日は忙しくなりそうだわ」

「いや、女将だけに任せ……」

「ほんとうにいいの。今井さん、東京から出張で来て、わざわざうちにいらしてくださったんだから、食べていただきたいのよ。でも岸本さんは勤務時間外だからもうあがって」

「味噌煮込みうどんの方でしたね？」

岸本が章介を見た。いつも麺を打っているせいか、がっちりとした体躯《たいく》で、将棋の駒のような顎《あご》のいかつい顔をしている。

「はい……ここの味噌煮込みが大好きなんで。他の店にも行ったんですが、ピンと来なくて」

「そうですか……いや、うれしいですね」

「すみませんね。こんな遅くに……」

「いいのよ。ほんとうにひとりで大丈夫だから、岸本さんはもうあがってくださ
い」

「……わかりました。では、失礼してお先に」

岸本が玄関から外に出ていく。

「待ってね。すぐに作るから」

靖子が調理場に入って、消していた火を点《つ》け、味噌煮込みの一人用の鍋を用意
する。

鍋の蓋に蒸気を抜く孔《あな》が開いていないのは、その蓋にうどんを取って、冷まし
て食べるためだ。孔があったら、そこからオツユが洩《も》れてしまう。

ストライプ柄の小紋《こもん》に割烹着をはおり、髪を結《ゆ》った靖子は、四十路を越えてい
るにもかかわらず、キュートでかわいいし、やさしく、包容力もある。

小柄で手足も細いが、胸と尻は立派だ。

じつは、この人も夫を亡くしている。

もともとこの『高柳』をはじめたのは夫であり、夫が麺を打ち、調理もして、

靖子は配膳をしていた。

そのうちに、靖子が調理を手伝うようになり、また店も大きくなり、調理人を雇うようになった。順調そのものだったが、七年前に夫が癌で長い闘病生活の後にこの世を去った。

靖子は、亡夫の『店を継いでほしい』という遺志を守って、この店をつづけている。

幸か不幸か、子供はできなかった。かつて、靖子が『わたしの子供はこの店なの』と言うのを聞いたことがあった。

調理場では、赤味噌のなかに投入された麺や、かしわ、カマボコ、シイタケ、ネギ、卵などがぐつぐつと煮えている。

八丁《はっちょう》味噌は煮るほどにコクがでるので、煮込んだほうがいい。

麺は長い煮込みに耐えられるだけの腰の強さが求められるから、この麺打ちは職人技だろう。

靖子が話しかけてきた。

「経理チェックで全国を駆《か》けめぐるなんて、改めて大変なお仕事ですね」

「いえ……もともと旅は好きでしたから、性に合っています」

「そう……夫も旅の好きな人だったわ。うどんを求めて、全国をまわっていたわね。やはり本物を味わうにはその土地に行かないとダメだって……讃岐《さぬき》とかもよく行っていたわ。それから、秋田《あきた》の箱庭《はこにわ》うどんや、群馬《ぐんま》の水沢《みずさわ》うどんなんかにも何度も足を運んでいたわね。讃岐うどんもいいけど、個人的には水沢うどんが好きだって言ってた」

靖子が懐かしそうに言う。

やはり、まだ亡くなったご主人のことが忘れられないのだと思った。

そこで、章介ははたと思いあたった。

（靖子さんは今も未亡人――藤田美詠子さんと島村季里子さんも、夫を亡くしていた。その寂しさがあるから、自分のような者を受け入れてくれたのかもしれない……だとすると、靖子さんも……いやいや、いくら何でもそれはないだろう）

美詠子とは今もつきあっている。

だが、遠距離恋愛のうえ、現在、美詠子は章介が紹介した秋山広太とタッグを組んでの宣伝活動に追われており、二人で逢う時間がなかなか取れない。

しようがないので、この前は、テレフォンセックスをした。

最近はスマホにビデオ通話という機能もあって、それを薦めたのだが、美詠子はいくらなんでも恥《は》ずかしすぎて無理、ということだった。

やはり、女性にしたら、自分の姿が映らないぶん、普通のテレフォンセックスのほうがリラックスできるらしいのだ。

三十分の通話の間に、美詠子は少なくとも三度絶頂を極めた。

声を押し殺しながらも気を遣《や》る美詠子のその後の荒い息づかいや、指で濡れ溝をなぞるときのネチッ、ネチッという音を、心から淫靡《いんび》だと感じた。

最後には、章介も精を放った。白濁液が飛ばないようにティッシュをかぶせて射精するのは、いささか寂しかった——。

物思いに耽《ふけ》っていると、

「はい、できたわよ。どうぞ……」

美詠子が熱々の鍋をカウンターに出してくれた。

鍋の蓋を外すと、八丁味噌と白味噌を合わせた茶褐色の濃厚なオツユがいまだぐつぐつと煮えたぎっていて、なかに太いうどんが沈み、その上に様々な具材が載っている。

「熱いから、火傷《やけど》しないように食べてね」

「はい……」

具材の盛りつけを見ただけで涎《よだれ》が出てきた。早く、かきこみたいところだが、ここは我慢する。少し冷まして、うどんを箸でつまみ、空中でまた冷ます。その後、何度かに分けて啜り、まだ熱いオツユをレンゲですくって飲む。

（美味しい……！）

もっちりとして、煮込んでも腰を失わない麺と、濃いが意外とあっさりしているダシたっぷりの赤味噌のコクがこたえられない。

我慢できなくなって、フーフーしながら、つづけて麺を啜った。章介は蓋に取って冷ますことをしない。最初はその食べ方を知らなかったので今の食べ方が板についてしまったのだ。

ざっくり切ってあるネギのやや硬めの感触と刺激で、味覚に変化をつける。やはり、この幅広のネギがいい。

「ほんとうに美味しそうに食べるのね」

靖子が破顔して声をかけてきた。

「はい……好きですから」

「ご飯も食べるでしょ？」

「はい、かるく一杯いただけると」

靖子はご飯茶碗に少なめに白米をよそい、カウンターに出した。

章介は味噌煮込みうどんを食べながら、白米を口にする。

両方とも炭水化物だが、言わば味噌汁とご飯だから、とても合う。

卵を口にした。

これは熱い味噌スープのなかでたっぷりと煮込んであるので、半熟より固ゆでになっていて、いくら潰しても、卵がスープに溶け込むことはない。だから、美味しい。味噌スープに生卵を混ぜても美味くはならないのだ。

汗をかきかき、章介は味噌煮込みうどんを食べる。

すると、割烹着を脱いだ靖子がカウンターから出てきて、隣に座った。そして、頰《ほお》づえを突いて、章介を見る。

「……あの……」

「ゴメンなさい。こんなに見つめてはダメよね。うちの人の食べっぷりに似ているなって……あの人もそういう食べ方だったわ」

「……そうですか。やっぱり、味噌煮込みうどんがものすごく好きだったんでしょうね。俺なんかが言えることじゃないですけど」

「きっと、そうね。あの人も自分の食べたい味噌煮込みうどんは自分で作るしかないと覚悟をして、これを作ったんでしょうね。でも、最近、ちょっと不安なのよ」

「何がですか?」

「あの人の作った味噌煮込みうどんとわたしの作るものが、違ってきてるんじゃないかって……」

「俺がここに来たのは、六年前ですから、残念ながらご主人の味を知りません。ですが、俺が好きになったのは、靖子さんのお作りになった味噌煮込みうどんですから。失礼な言い方ですが、ご主人の味に自分を近づける必要はないのではないでしょうか。俺はそう思いますけど」

「ありがとう。だったら、いいんだけど……最近ね、岸本が言うのよ。主人のやっていた頃とは、味が明らかに変わっているって……」

岸本さんか……。

彼はご主人が健在の頃から麺打ちを習っていた。当然、味はよくわかっているだろう。

「でも、今の『高柳』の店主は女将なんだから、自分の味を主張していけばいいんじゃないかと思いますけど」

「そうよね。ありがとう……何か吹っ切れたような気がする。今井さん、今夜は市内のホテルを取ってあるんでしょ？」

「ええ、駅近くの」

「だったら、いざとなったら、タクシーで帰ればいいわ。うちで少し呑《の》んでいかない？　呑みたい気分なの」

「いいですけど……女将さんは大丈夫なんですか？」

「大丈夫よ。帰宅しても待っている人がいるわけじゃないし……待っていてね。何か、酒の肴《さかな》を作るから……」

靖子はふたたび調理場に入って、枡《ます》にコップを置き、そこに日本酒をドバドバ入れてあふれさせ、カウンターに出した。

「呑んでいてちょうだい」

靖子が手際よく酒の肴の用意をはじめた。

2

（まさか、店で女将と二人きりで酒を呑めるとは……）

顔には出さないようにしているが、章介は内心ドキドキしている。

もちろん、味噌煮込みうどん目当てに『高柳』に来るのだが、女将の靖子に逢いたいという側面も否定できない。

言ってみれば、こんな美味しい味噌煮込みうどんを提供してくれる調理人へのファン意識のようなものだ。

名古屋出張時は、ここで靖子の働きぶりを見るのがひとつの愉《たの》しみだった。

そんな憧れの女将と二人でお酒を呑めるのだから、これ以上の至福はない。それに、靖子の作ってくれた酒の肴はみんなバカ美味い。

緊張しながら、日本酒を呑んでいると、靖子が言った。

「今井さん、雰囲気が変わったわね。何かあった？」

「えっ……いや……」

「やっぱり何かあったんだわ。いい人ができたとか？」

図星《ずぼし》をさされて、章介は絶句してしまった。

「やっぱり、できたのね。よかったじゃないの。だいぶ前に離婚して、ずっとひとりだとおっしゃっていたから」

「ああ、覚えてくださったんですか」

「ええ、もちろん。だって、東京に住んでいらっしゃるのに、名古屋に来るたびにいらしてくださるんですもの。そんな大切なお客様のこと、覚えているのが当然でしょ？」

「ありがとうございます」

「聞いちゃっていいかしら。お相手は東京の方なの？」

章介は話すべきかどうか迷った。しかし、靖子は年下ではあるが、いわば名古屋の母みたいな存在だ。

「……ひ、姫路の人です」

「姫路って、あの白鷺城のある？」

「ええ、あの白鷺城の近くでセレクトショップをしていて……新幹線の車内で知り合いました」

「へえ、劇的な出逢いね」

「お互いヘビースモーカーなので、喫煙ルームで」

「ますます劇的だわ。羨《うらや》ましいわね、そういう機会のある方は」

「でも、遠距離恋愛なので、なかなか逢えないんですよ……靖子さんは定休日に、遠出とかされないんですか？」

「しないわね。疲れてしまっていて、家で休んでいることが多いのよ。つまらない人生でしょ？」

そう言う靖子の横顔には、疲労感が見て取れた。夫を亡くしてからもう七年も店主としてこの店を切り盛りしているのだから、疲労が蓄積しているのだろう。

どうにかして、癒《いや》してあげたい。

「今度、連休取って東京にもいらしてください。俺が案内しますから」

「ふふっ、そうね。連休が取れたら、そうさせていただくわ」

靖子が微笑む。やさしげな顔の目尻に刻まれた細かい皺《しわ》が、この人の苦労を表しているようで、そのとき初めて、靖子をやさしく抱きしめたいと思った。

（しかし、時間があるのか？）

気になって、ちらりと腕時計を見た。すでに、午後十一時をまわっている。

と、それを見たのだろう、靖子が立ちあがった。

「ゴメンなさい。遅くまでつきあわせてしまって……そろそろ終電の時間ね。それとも、タクシーを呼ぶ？」

次の瞬間、章介は自分でも驚くような行動を取っていた。

スツールから降りて、目の前の靖子を抱きしめると、柔らかな腰が弾《はず》み、一瞬、沁みついている味噌煮込みの匂いがした。

「ちょっと、ダメよ……姫路の恋人に怒られちゃう」

靖子が突き放そうとする。

「じゃあ、キスだけ……」

無言の靖子に顔を寄せて、唇を重ねていく。

自分でもびっくりするほど大胆になっていた。きっと、ひさしぶりに恋人ができて、先日は一回きりとはいえ大阪の美人トラッカーを抱き、男としての自信のようなものがついた。言うなれば、いささか傲岸不遜《ごうがんふそん》になっている。

これは倫理的に許されない行為だ。しかし、何となく靖子がこういうことを求めているような気がした。

お酒の香りがする靖子の唇はふっくらとして柔らかく、角度を変えてちゅっ、ちゅっとついばむようなキスをすると、いやがらずに応えてくれる。

ついつい章介はその気になって、舌を差し込もうとした。

すると、靖子がそれを拒んで、腕のなかから逃げていった。

「ゴメンなさい」

「す、すみません。まだ終電はありますから……」

自分のしたことを恥じて、入口のドアに手をかけたとき、反対側の手を後ろから引かれた。

「今井さんに頼みたいことがあるの。聞いてくださる？」

靖子が真剣な面持ちで言う。

「……かまいませんが」

「来て……二階に部屋があるから」

靖子が先に立って、急な階段をあがっていく。

靖子の意図《いと》を完全には理解できないまま、章介もそのあとをついていく。

（どうして、二階に……？）

二階には二間つづきの和室があって、一室に座卓が置いてあった。

「開店当時はここに、夫と住んでいたのよ。今はもう家は他にあって、ここは休憩のときに使っているの。座って、待っていてね」

靖子は押し入れから布団を取り出して、てきぱきと敷いた。

（おい、布団を敷いてるってことは……？）

章介の心臓は強い鼓動を打つ。

布団を敷き終えた靖子が、座卓の隣に正座して、言った。

「突然、こんなことを言ってあれなんだけど……じつはわたし、岸本さんにプロポーズされていて、すごく迷っていたの。店のことを考えると、結婚したほうが上手くいくわ。でも、断ることに決めました。いくら店の恩人でも、やはり、心から愛している人でないと、つづきませんから」

まさかの告白に驚いた。

しかし、靖子が店と岸本の板挟みにあって、苦しんできたということはわかった。

岸本は亡夫の弟子で、長年、靖子とともに店をやってきた。

靖子は窮地を救ってくれたことに感謝している。しかし、それとこれとは別なのだろう。

「ゴメンなさいね。いきなりこんなことを話されても困るわよね。わたしは今も夫のことを愛しています。だけど……心と身体は別みたいで。このままでは、わたしきっと岸本さんに……時々、そういう瞬間があるの。彼に身をゆだねたくなるときが……でも、それはきっと身体の欲求なのよ。それで一緒になったとしても、上手くいくはずがない。だから、今日、今井さんに……」

靖子が艶めかしく章介を見た。

アーモンド形の目が急に潤《うる》みはじめている。

「さっき、今井さんに抱きしめられたとき、あの……」

章介にも、靖子が何を求めているかが明白だった。

「わたしを救っていただけませんか？」

「俺には恋人がいます。彼女と別れるつもりはありません。それでも、かまいませんか？」

「ええ……そのほうがいいんです。わたしたちは恋人同士にはなれない。だから、かえっていいんです」

章介は靖子の言うことを理解した。

立ちあがって、靖子の後ろにまわり、背後から抱きしめる。靖子が言った。

「わたしの恋人は一生、亡くなった主人なの。それで、いいですよね？」

「もちろん……」

肉体だけの関係と割り切ることができるなら、それがいい。

章介は背後から右手をまわし込んで、着物と長襦袢《ながじゅばん》の衿元《えりもと》から手をすべり込ませた。

すぐのところに、柔らかくて温かいふくらみが息づいていて、手のひらにしっとりと吸いついてくる。

揉《も》むと、柔らかな肉層がしなって、指先が硬い突起に触れ、

「んっ……！」

靖子が深く首を折り、着物の上から章介の手を押さえた。

結いあげられた黒髪のうなじがのぞいている。曲線に沿って首すじを舌でなぞりあげると、

「あんっ……！」

靖子は首をすくめて、章介の手を強くつかんだ。

章介は着物の下の乳房を揉みしだき、ますますしこってきた乳首を指で挟んで転がした。そうしながら、うなじをツーッ、ツーッと舐《な》めあげる。

「あっ……ぁああ、それ……」

靖子は顔をのけぞらせて、背中を預けてきた。

3

枕元の黄色い和紙のランプシェードのスタンドだけが灯《とも》っていた。そのぼんやりとした明かりのなかで、靖子は背中を向けて、着物を脱いでいる。

シュルシュルッと衣擦《きぬず》れの音をさせて帯を解き、ストライプの小紋を脱いだ。白く光沢のある長襦袢が、小柄だがむっちりとした後ろ姿に張りつき、足元の白足袋《しろたび》が悩ましかった。

その間に、章介も服を脱いで、裸になる。

靖子は白い長襦袢を肩からすべり落とした。それから、結っていた髪を解いて、頭を振った。柔らかな黒髪が背中の途中まで散って、章介はその髪の長さに驚いた。

靖子は両手で乳房と股間を隠しながら、こちらを向き、見られるのが恥ずかしいとばかりに、章介の隣に身体を横たえる。

「恥ずかしいわ。太ってしまったから……」

腋《わき》の下に顔を埋めるようにして、言う。

「いえ、それはないですよ。それで太ったと言うなら、前が細すぎたんですよ。ちょうどいいですよ。色白で肌がむっちりしていて……」

「お世辞でしょ？」

「いえいえ、お世辞じゃありません」

「ふふっ、そういうところが好き。今井さん、絶対に女性を傷つけないって感じがするから、わたしみたいなオバサンは安心できるもの」

「いえいえ、オバサンじゃありませんって……すごくお若いし、だいたい俺より七つも年下なんですから」

「そう言えば、そうよね。あなたと接してると、わたしが年上の気がしてしょうがないの」

「俺に甲斐性《かいしょう》がないからですよ」

「そうでもないわよ。今井さんはすごく清潔感があるし、身を任せても大丈夫っていう気がする。それに……さっきから、ここも……」

靖子が手を伸ばして、下腹部のイチモツをかるくつかんで、

「ほら、もうこんなになってるわよ」

その硬さを確かめるように、指をからめてくる。

「それは、相手が靖子さんだからですよ」

章介は、こういうときは誰に対しても同じような言葉を返すようにしている。

「ふふっ、同じことを姫路の方にも言っているんでしょ。わかるんだから」

そう言って、靖子は胸板にキスをする。

屹立《きつりつ》から手を離して、章介の脇腹や腰のあたりを丁寧《ていねい》に撫《な》でながら、章介の乳

首にちゅっ、ちゅっとキスを浴びせ、それから、舐める。

ぞわぞわっとした戦慄《せんりつ》が駆けめぐり、章介の分身はますますいきりたつ。

胸板に顔を接したまま、靖子が言った。

「ほんとうはすごく心配だったの。夫が亡くなったあとで、こういうことをしたことがなかったから。でも、安心したわ。あなたが相手だと、へんに緊張もしないで、すごく楽にできる……」

「そう、ですか？」

「ええ……今井さんって女を安心させる何かを持っているのよね。だからきっと、わたしみたいに寂しさを抱えている女には、絶対にモテると思う」

そう言って、靖子はふたたび屹立を強弱つけて握りながら、胸板に舌を這《は》わせる。

(そうか……それで、最近は夫を亡くした女性ばかりにモテるのか……安心できるんだろうな。危害は加えそうもないし……)

靖子が顔を寄せて、唇を合わせてきた。

章介も唇を重ねて、入り込んできた舌を舐める。そうするうちに、靖子のしなやかな指が少しずつ力強さを増して、ぎゅっ、ぎゅっと肉棹《にくざお》をしごいてくる。

その力の込め方で、いかに靖子が身体の寂しさを抱えているかが、わかったような気がする。

キスされて、分身をしごかれれば、誰だってフェラチオしてもらいたくなる。

だが、その前に靖子を愛撫したい。受け身でじっくりと感じてもらいたい。

章介は身体を入れかえて、靖子を下にした。

上から唇を重ね、舌をからませた。

キスをしながら、乳房を揉みしだき、尖《とが》っている先端を捏《こ》ねると、

「んんん……ぁあああ」

靖子が唇を離して、顔をのけぞらせる。

章介はキスを首すじから肩へとおろしていき、鎖骨《さこつ》を舐める。ツーッと突出部に沿って舌を這わせると、

「ぁあん……」

靖子が艶めかしく喘《あえ》いだ。

「気持ちいいですか？」

「ええ、そこ……ぞくぞくする」

「じゃあ、ここは？」

章介は鎖骨から腋の下へと舌を這わせる。

「ぁあん……くすぐったいわ」

靖子が腋を絞った。

その腕をつかんで引きあげ、あらわになった腋窩《えきか》にやさしくキスをする。ちゅっ、ちゅっとついばむようにすると、

「んっ……あっ……んっ……ぁああ、いや……そこはいや……匂うでしょ？　一日中働きづめだったから」

靖子が恥ずかしそうに章介を見た。

「甘酸っぱくて、とてもいい香りですよ。むしろ、惹《ひ》かれてしまう。気になさらないでください。ほんとうにいい香りだ」

そう言って、章介は腋窩に舌を這わせる。

実際に汗が甘く匂って、蠱惑的《こわくてき》な香りを発している。これを男を引き寄せるフェロモン臭というのだろう。

舌を這わせていると、靖子の態度が変わった。あれほどくすぐったがっていたのに、

「ぁああ、あああ……」

陶酔《とうすい》した声を洩らして、顎をゆっくりとせりあげる。

せっかくのいい香りが自分の唾液《だえき》の匂いに取って代わられるので、章介はそこを避けて、二の腕を舐めあげていく。

「ああ、そこはもっとダメっ……」

「どうしてですか？」

「だって、余計な肉がたぷたぷしてるでしょ？」

「この柔らかな肌ざわりがいいんですよ。女性はわかっていないんです、男が女性の身体のどういうところが好きなのかを……柔らかくて、丸いところがいいんです」

「でも、贅肉《ぜいにく》よ」

「そのゆとりがいいんです」

章介は二の腕をじっくりと舐め、それから、舌を脇腹へとおろしていく。二の腕とは一転して、肉のほとんどない脇腹を舌でスーッとなぞりあげると、

「ぁあっ……！」

靖子は嬌声《きようせい》をあげて、身体をよじる。

すべすべした肌がいっせいに粟立《あわだ》って、それが、靖子の持つ繊細《せんさい》な感性を伝え

てくる。

章介は何度も舐めあげてから、中心に向かって舌を走らせた。

青い血管の透《す》け出た乳房は、お椀を伏せたような格好で、たわわである。おそらく、Eカップはあるだろう。

圧倒的なふくらみのトップへ行かずに、周辺を円を描くように舐めた。硬貨大の乳輪はセピア色で、その中心で赤い乳首がツンと頭を擡《もた》げている。

乳輪が少し盛りあがって、そこから乳首が二段式にせりだしている。

そのエッチな乳首を焦《じ》らすように周囲を舐めていると、

「ぁああ、感じる……気持ちいい……ぁああ、ねえ……」

自分から乳首の位置を章介の舌へとずらしてくる。

「じかに舐めてほしいんですか？」

「ええ……ぁああ、意地悪。今井さん、意地悪だわ」

「ああ、すみません。ついつい……」

「いいのよ。謝ることはないの。いじめてもらって、かまわないから」

靖子がまさかのことを言う。

この店の創業者である亡夫には、きっとS的なところもあったのだろう。それで、靖子は今もマゾ的な感性を引きずっているのに違いない。ほんとうのS男性なら、ここでもっと焦らす。しかし、章介はSではないから、それができない。

章介は靖子の望むことを、素直にしてあげたいし、それで感じてくれれば、自分も昂《たかぶ》る。

尖っている乳首を、ゆっくりと下から上に向かってなぞりあげると、

「ぁあああ……いいのぉ」

靖子が心から感じているという声を出す。

のけぞった首すじと顎の先端を見ながら、しばらく上下に舐めた。

どんどん突起が硬く、大きくなって、ついにはカチンカチンになった。

(すごいな……こんなになるんだな)

他の女性より乳首が硬いような気がする。ふくれる度合いも大きい。

章介は今度は舌で左右に撥《は》ねておいて、頬張る。ちゅっ、ちゅっ、ちゅっと断続的にキスをすると、

「あっ……あっ……あん」

靖子も同じリズムで喘ぐ。

章介は乳首を替えて、もう片方にも同じように吸いつき、さっき舐めたほうを指でつまむ。

くりくりと転がしながら、トップをかるく叩く。

そうしながら、もう一方の乳首を甘噛みしたり、舐めたりする。

すると、靖子はもう我慢できないとでもいうように下腹部をぐっ、ぐぐっとせりあげて、横に揺する。

その欲しくて欲しくてしようがないといった腰の動きが、章介を駆り立てた。

「腰が欲しがって、ぐいぐい持ちあがってきますね」

言葉でなぶると、

「いや……恥ずかしい」

靖子が赤くなって顔をそむける。

「どこを舐めてほしいですか？」

「……言えないわ」

「じゃあ、しませんよ。どこにキスしてほしいですか？」

「……あそこ」

「あそこ、とは？」

「言えない……ゴメンなさい」

四十路になっても恥ずかしがるところが、かわいらしい。

章介は顔を移していって、真下から膝《ひざ》を抱える。

「ぁああ、ダメっ、やっぱり……汚いわ」

「もう遅いです。それに、いい匂いがするし、きれいですよ。心配なさらなくてもいいです」

そう言って、章介は花びらを舐めた。

陰毛はもさもさと台形にひろがっていて、野性味を感じさせる。その流れ込むところにぷっくりとした雌花《めばな》がわずかに内部をのぞかせていた。

すでに全体に蜜があふれて、舌がぬるっ、ぬるっとすべる。

よく見ると、向かって右側の内腿に三つの黒子《ほくろ》が斜めに並んでいる。

(これは、クンニをした男にしかわからない秘密ってことだな)

章介がそこを指でなぞると、

「そこ、黒子があるでしょ？」

靖子が言う。

「はい……あります。星座のように三つ並んでいますね」

「他の人には言わないでね」

「もちろん……」

章介は三つの黒子に舌を這わせる。

丁寧に舐めながら、片方の手で狭間《はざま》をなぞる。そこはすでにぐちゃぐちゃで、陰唇《いんしん》がひろがって、あらわになった粘膜が心地よい。

黒子から舌を移して、今度は上方の肉芽《にくが》を狙った。

指で莢《さや》を剝《む》き、飛び出してきた本体をちろちろすると、

「ああ……あああ……」

靖子の腰が横に揺れ、ついには上へ上へとせりあがってきた。

さらに、恥丘を突きあげて、訴えてきた。

「ねえ、もう……もう……」

「どうしてほしいんですか？」

「して……お願い。して……」

靖子の口にしたその直截《ちょくせつ》な言葉が、章介を駆り立てる。

4

章介は両膝をすくいあげて、いったん膝から離した手でいきりたちを握り、翳《かげ》りの底に押しつけ、腰を入れていく。

とても窮屈な入口を切っ先が押し広げていく確かな感触があって、

「ぁあああ……！」

靖子が顎を突きあげた。

「くっ……おっ……あっ……」

章介も奥歯を食いしばる。

吸引力抜群の肉路が分身にからみつきながら、奥へ引きずり込もうとする。

その、くいっ、くいっとした動きが途轍《とてつ》もなく気持ちいい。

章介は、両腕をつっかい棒のようにし、その向こう側に靖子の膝がくるようにする。

体重を前にかけると、靖子の足が開きながら押しつけられて、ぐっと挿入《そうにゅう》が深まる。

両足をすくいあげられる格好になった靖子は、両手でシーツにつかまり、

「ぁあああぅぅぅ……！」

と、顔をのけぞらせた。

章介はその姿勢で腰をつかう。

最近二人の女性を抱いて、少し余裕が出てきた気がする。焦《あせ》る必要はないのだ。慎重にじっくりとストロークしていけばいい。

それでも、ごく自然に少しずつ力がこもってしまう。

上から打ち降ろしていくと、屹立が熟《う》れた肉路を突き刺し、うがち、そのたびに、

「あっ……あっ……あっ……」

靖子は両手を顔の両側に置いて、顎を突きあげる。

白くて大きな乳房がぶるん、ぶるるんと豪快に縦に揺れている。

長い黒髪のかかった顔は、眉《まゆ》が八の字に折れ曲がり、まるで泣いているような表情で、色っぽい。

章介は覆《おお》いかぶさっていき、キスをする。

唇を重ねながら、ゆるく腰をつかった。

靖子の体内はとろとろに蕩《とろ》けていて、温かい。そのまったりとした粘膜を押し

広げながら抜き差しする。

靖子は低く呻《うめ》いていたが、やがて、キスをやめて、

「ぁああ、ああぁ、いい……よかったわ。わたし、まだちゃんと感じることができるんだわ。今井さんのお蔭よ」

切れ長の目で見あげてくる。

「靖子さんはまだまだ充分に女ですよ。自信を持ってください」

「ありがとう。やっぱり、あなたを選んでよかったわ。やさしいもの……ねえ、手を上からぎゅっと押さえてみて」

靖子がみずから両手を頭上にあげて、右手の指で左手首を握った。

身体の自由が利《き》かない状態で、乳房も腋の下もあらわにして、そのすべてを男に見られるという恥辱《ちじょく》が身体の奥底の何かをかきたてるのだろう。

「ぁああぁ……」

眉根を寄せて、靖子はいい表情をする。

章介はその腕をかるく上から押さえ込んで、ずりゅっ、ずりゅっと肉棹《にくざお》をえぐり込ませていく。

とろとろの粘膜を分身が擦《こす》っていく感触が心地よい。

「あんっ……あんっ……」

靖子はこの体位が好きなのだろう。

深いところに届かせると喘ぎ、うっとりと眉根をひろげる。

屹立を奥へと導きながらも、突かれるたびに乳房を揺らせ、少しずつ上へとずりあがっていく。

腕が布団から落ちて、章介は腰をつかんで元の位置に引き戻す。

また腕を上から押さえつけて、腰を躍らせる。

「あっ、あっ、あんっ……」

喘ぎ声をスタッカートさせて、靖子は目をぎゅっと瞑《つぶ》り、顎を突きあげる。肌はつやつやで、癒し系の顔が今は恍惚《こうこつ》にたゆたっている。たぶんそれは、靖子が四十路だからこそ出せる熟れた色気なのだ。

章介はもっと攻めたくなった。

上体を立てて、靖子の足をつかんで片側にまわすようにして、側臥《そくが》の姿勢を取らせる。

靖子は身体の右側を下にした形で横臥《おうが》して、腰から身体を曲げている。

そして、こちらを向いた尻の底に、章介のイチモツが入りこんでいる。

靖子の片足を少し持ちあげ、自分は一歩足を踏み込んで腰をつかった。すると勃起《ぼっき》がいつもとは違う角度で膣《ちつ》をうがつことになり、それがいいのか、

「ぁああ、すごい……すごく奥に入ってる。すごい、すごい……ぁああ、お腹が持ちあげられる。ぁああ、きつい……」

靖子が苦しそうな顔をした。

「やめましょうか？」

「ううん、いいの。これ、好きよ。ぁああ、押しあげられてる。深い……あっ、あんっ、あんっ……くぅぅ」

靖子がシーツをつかんだ。

「こちらを向いてください」

「いやよ、恥ずかしい」

「向くんです」

靖子がおずおずと上を向き、章介と目が合った。

「そのままですよ。目を瞑らないで、こちらを見たままで」

指示をして、力強く屹立を打ち込んだ。

横臥した靖子の尻の底深くにイチモツが入り込んでいって、

「うあっ……あっ……あっ……」

靖子は声をあげながらも、必死に目を開けている。閉じてしまいそうになる目を細めながらも、潤んだ瞳でこちらを見ている。

5

章介は布団に仁王立《におうだ》ちし、その前に靖子がしゃがんで、いきりたつ肉柱を下から舐めあげていた。

今、章介の肉棹は愛蜜にまみれている。その濡れ光る蜜を厭《いと》うこともせずに、靖子は丁寧に舌を走らせている。

その間も、皺袋《しわぶくろ》をやわやわとあやしてくれている。

靖子のイチモツをかわいがりたいという気持ちが伝わってきて、章介はうれしくなる。おそらく、こうやって亡夫にも徹底的なご奉仕をしていたのだろう。

働き者で、男に尽くしてくれる。こういう女性を妻に娶《めと》った男は幸せだ。

靖子は長い髪を垂らして、裏筋を舐めあげると、そのまま上から頬張ってきた。

ゆったりと根元まで唇をすべらせ、そこから唇を引きあげていく。

それを数回繰り返してから、怒張《どちょう》しきった肉棹を握った。そして、自分は低い姿勢になり、章介の開いた足の間に潜り込むようにして、皺袋を舐めてきた。

胸にせまるものがあった。

こういうことをされると、この女のためなら何だってしてやろうという気持ちになる。

靖子は皺袋に舌を這わせながら、怒張を握りしごいてくる。

裏筋をツーッと舐めあげてきて、包皮小帯で留まらせた。舌先でツンツンと突き、ねっとりと舐め、さらに、指先でかるく擦ってくれる。

「おっ、あっ……！」

あまりの気持ち良さに、分身が頭を振った。

すると、靖子はふたたび頬張って、今度は力強くしごいてくる。

根元を握ってしごきながら、同じリズムで亀頭冠《きとうかん》を中心に唇を往復されると、もう嵌《は》めたくてしようがなくなった。

「ありがとう。入れたくなりました」

言うと、靖子は怒張を吐き出し、自分から両手を合わせて、前に差し出しきた。

「くってください」

「えっ……」

「縛ってください。好きなんです、そうされるのが……いや？」

「いやではないです」

「そこに、紫色の帯揚げがあります。それで……」

靖子が帯のまとまっているところに視線を向ける。

ふわっと置いてあった紫色の帯揚げをつかむ。縮緬《ちりめん》の柔らかな素材だから、痛いということはないだろう。

慣れていないのでぎこちないが、両手首を合わせて縛るくらいは、どうにかできる。

章介が縛り終えると、靖子はみずから布団に這った。

ひとつになった両手首を前に置き、肘《ひじ》で上体を支え、足は大きく開いて膝を突いている。

その様子をひどくエロチックに感じてしまう。

「ねえ、ちょうだい。お願い……」

靖子がくなっと腰をよじった。

章介は後ろに片膝を突いて、いきりたつものをあてがった。そぼ濡れた花芯が押し広げられて、ちゅるっと嵌まり込んでいき、

「はうぅぅ……！」

靖子が顔を撥《は》ねあげた。

章介も普段はしない状況に、ひどく昂っていた。

いつもより力が入ってしまう。つづけざまに腰を叩きつけると、パチン、パチンと乾いた音がして、

「あんっ、あんっ、あんっ……」

靖子が切なげに喘ぐ。さらに、

「お願い……ぶって」

靖子が求めてきた。

(いいのか？　いいんだ。靖子さんが求めているのだから)

章介はおずおずと右手を振りあげて、かるく尻たぶを打った。

上手く当たらずに、低い音がして、衝撃も少ない。

これでは、マズい。やはり、真摯《しんし》に平手打ちをしなければ――。

もう一度、章介は狙いをつけ、躊躇《ちゅうちょ》せずに打った。すると、パチンと音が響

いて、

「くっ……！」

靖子が顔を撥ねあげた。

「ぁああ、いいの……ぶたれたところがジンジンして、熱いの。いいのよ。もっと、ぶって……！」

靖子の言葉が、章介をその気にさせた。

もう一度、向かって右側の尻たぶを打擲《ちょうちゃく》すると、パチーンとさっきよりいい音が鳴りわたった。

「あっ、くっ……！」

靖子が低く呻いて、痛みをこらえている。

それがなぜか、章介を昂らせた。

章介は右の次は左の尻たぶと、交互に乱れ打ちした。

「うっ……うっ……うっ……」

靖子がつらそうに呻く。

ぶたれた肌が見る見る茜色《あかねいろ》に染まり、章介は打つのをやめた。

その破壊的な衝動をぶつけるようにして、後ろから強く打ち込んだ。

屹立が奥まで届き、尻と下腹部がぶち当たって、

「あんっ……あんっ……ぁあああ、いいの。いいのよぉ」

靖子が訴えてくる。

その頃には、章介ももう限界が近づいてきた。

最後は顔を見て、イカせたい。靖子のイキ顔を見たかった。

いったん結合を外して、靖子を仰向《あおむ》けに寝かせ、膝をすくいあげた。

蜜まみれのイチモツを打ち込んでいくと、

「あうぅぅ……！」

靖子は凄絶に呻いた。

紫色の帯揚げでひとつにくくられた両手を、自分から頭上にあげて、乳房も腋窩もあらわにしている。

扇状に散った長い黒髪が波打ちながら、乳房にもかかっている。

章介は両足の膝裏をぎゅっとつかんで、押し広げる。そうしながら、怒張を強く叩き込んだ。

「あっ……あっ……ぁあうぅぅ……来るわ。来る……来ちゃう！」

靖子が泣き顔で訴えてきた。

細められた目が潤みきっていて、妖《あや》しい。

「いいですよ。イッて……俺も……」

「ああ、ちょうだい。大丈夫よ。今日は大丈夫だから……欲しいわ。欲しい……お願い……」

「行きますよ」

章介は連続して腰を叩きつけた。

もっと奥まで貫《つらぬ》きたくなって、靖子の足を肩にかけた。そのまま、ぐっと前に屈むと、肢体が腰から折れ曲がって、章介の顔のほぼ真下に靖子の顔が見える。

「ぁあうぅ……これ……苦しい」

靖子が眉を八の字に折って、訴えてくる。

「やめますか？」

「ううん、いいの、このままで……苦しいほうがいいの。もっと、もっとわたしを苦しめて……メチャクチャにして」

靖子が頭上にあげた手指をぎゅっと組んで、眉根を寄せて顎をせりあげる。

章介はスパートした。

上から打ちおろして、途中からすくいあげる。それを繰り返していると、いよいよ射精前に感じるあの切迫感《せっぱくかん》が押し寄せてきた。

「ああ、出そうだ」

「ちょうだい。今よ、来るわ。来る、来る、来る……やぁああぁぁぁ！」

靖子が悲鳴に近いイキ声を放って、ぐーんとのけぞった。

今だとばかりに屹立を打ち込んだとき、

「うっ……！」

章介も男液を放っていた。

あまりの気持ち良さに、自然に尻が痙攣《けいれん》してしまう。

一滴残らず注ごうと、ぴったりと下腹部を押しつける。

靖子もがくん、がくんと痙攣している。

しばらくして嵐が過ぎ、章介は結合を外して、すぐ隣にごろんと横になる。

びっしょりと汗をかいていた。

激しい息づかいがおさまる頃になって、靖子が上体を立てて言った。

「今井さんは煙草を吸うんでしょ？　さっき、姫路の彼女との馴《な》れ初《そ》めを聞いたとき、ヘビースモーカーだっておっしゃってたから」

「ええ、まあ……」

「いいのよ、吸って。わたしは吸わないけど、あなたには吸ってほしい」

「でも、悪いですよ」

「いいの。今度また名古屋に来たときは、いらしていただきたいから……店が終わってから、ここで……ううん、気が向かないならいいのよ、無理しなくても。そのとき、煙草を吸ってほしいから。どうする？」

「……どうしようかな？」

「吸いたいんでしょ、今？」

「ええ、それはまあ……」

「だったら、吸ったらいいわ。わたし、煙草の香り、嫌いじゃないから」

「じゃあ、お言葉に甘えて」

ここで煙草を吸うことは、ここにまた来ることを認めるようなものだ。それでもいいと感じていた。

章介が服のポケットから煙草を取り出すと、靖子が小さな灰皿を持ってきた。

それを受け取って、ガラス窓をおそるおそる開けると、向かいは駐車場になっていて、両隣のビルにも明かりは点いていなかった。

この部屋はもともと薄暗いから、外から丸見えということはないだろう。

窓の桟《さん》に腰かけて、煙草に火を点けた。

じっくりと吸い込むと、じりじりと先端の葉が焼けて赤くなる。

煙を吸って、充分に味わってから、ふっと吐き出す。

白い煙が夜空に向かって舞いあがる。

天候は曇りで、星はほとんど見えない。ほぼ満月に近いはずの月も、雲の向こうに隠れている。

気配を感じて見ると、靖子が前に座っていた。

白い長襦袢をはおった姿が、枕明かりにぼんやりと浮かびあがっている。たわわな乳房の抜けるような色の白さが悩ましい。

「わたしも煙草、吸ってみようかしら？」

靖子が言う。

「いや、今どき煙草なんて、吸わないほうがいいですよ」

「一服だけ……あなたの吸いさしでいいわ」

手に挟んでいた煙草を差し出すと、靖子はそれを受け取って、慣れない手付きで指に挟んだ。

口に持っていって、おそるおそる吸い、ゲホッ、ゲホッと噎《む》せた。

「ゴメンなさい、やっぱり、ダメみたい」

煙草を返してくる。

章介は靖子の吸った煙草を受け取って、吸う。

それを今、靖子が口にしたのだと思うと、少しエロチックな気持ちになって、いつも以上に美味しく感じながら、じっくりと吸い尽くした。

第五章　客室乗務員はプリプリの桃尻

1

今井章介は、羽田空港から福岡行きの飛行機に乗った。

東京での仕事を片づけて、最終便で今日中に福岡に行き、一泊して明日は朝から仕事にかかり、その日のうちに終わらせて、夜には東京に戻る。

きついスケジュールだが、自分がNドラッグに必要とされている人材であることの証《あかし》でもある。

多忙もあって、姫路の藤田美詠子にはなかなか逢う機会がなく、それだけが大いなる悩みだった。

それでも、自分が紹介した秋山広太が店のHPを新しいものに作り替え、インターネットやSNSを利用して上手く宣伝している効果が出ているようだった。

この前、ビデオ電話をしたときに、美詠子は、

『その成果がぽつぽつ出はじめたわ。章介さんが秋山さんを紹介してくれたお蔭です』

と喜んでくれたが、

『でも、やっぱり逢えないと寂しいわ。この前逢ったのが、十日前でしょ？　わたしも上京して章介さんに逢いたいんだけど、経費節減で買い付けをオンラインでしているから……姫路と東京の往復って、それなりに交通費がかかって、今のうちの経済状態だと、かなり厳しいの。遠距離恋愛ってやっぱりキツいわ……ほんとうは毎日でもあなたに逢いたいのよ』

そう言う美詠子の目が、小さなスマホの画面を通しても、うるうるしているのがわかった。

章介のほうも、美詠子の心身の渇《かわ》きを満たしてあげたい。現に、章介の股間は頭を擡《もた》げていた。

ビデオ電話でお互い見せっこをしながらのオンラインセックスもしてみたい。しかし、それをすると、ますますリアルな肉体に触れたくなり、いっそう苦しくなってしまうことは、容易に予想できた。

これが、二人が都内にいるのなら、車ですっ飛んでいくこともできる。

だが、東京と姫路は直線距離でも、四百七十キロ。車で行くとなると、走行距離は約六百キロにもなる。車でいったい何時間かかるのか、考えただけでも気が遠くなる。

『今週の土日に行くよ。だから、待っていてくれ』

そう言って、章介は電話を切った。

土曜日に新幹線で行って、姫路城の見える美詠子のマンションに泊まり、翌日の夜に帰ってくればいい。そうすれば、ゆっくりと二人の時間を持てる。

だが、その前に福岡への出張があった。

福岡までは飛行機で約二時間かかる。

最終便だから向こうに到着するのが、午後九時半。

空港の近くのホテルを予約してあるので、いったんチェックインしてから、夕食を摂《と》りに外出すればいい。

そして、明日は朝から福岡で各支店の経理チェックをし、夜には東京に戻る。

ハードワークだが、仕方がない。

ここを乗り切ってこそ、土日に心置きなく姫路に行ける。

飛行機は水平飛行に入って、ドリンクサービスがはじまった。

カートを押した二人の客室乗務員が、左右の乗客に、リクエストを受けながら飲み物を配っている。

（よかった。あのＣＡさんだ）

じつは、着席して、ＣＡたちが上の棚を閉めたり、その確認をしているところを見たときから気になっていた。

年齢は二十五、六歳だろうか、すらりとした長身で、すっきりした顔に笑みを絶やさない。

髪をポニーテールでまとめ、前髪を斜めに流したシニヨンスタイルで、目がとても大きくてきらきら光っている。きれいなうえに、かわいい。その両方を備えている女性は意外と少ない。

濃紺地に赤のアクセントの入った制服が、よく似合う。青と赤を組み合わせたスカーフも華やかだった。

しかし、いちばんの魅力はその圧倒的なヒップだった。

章介は通路側の席に座っていることもあって、客室乗務員の様子がよく見えるのだ。

黒のストッキングを穿《は》いた足はすらりと長く、抜群の脚線美を誇っていた。

しかも、尻が発達しているので、その下半身の丸みや重厚感にどうしても視線が引き寄せられてしまう。

上の棚を閉めるために背伸びするように力を込めると、片足がぴょこんと後ろにあがって、その仕種《しぐさ》が愛らしく、セクシーでもあった。

そのＣＡが通路をカートを押して近づいてくる。

一列、また一列と近づいてくるにつれて、鼓動が高鳴った。ひとりのＣＡにこれだけ惹《ひ》かれたのは初めてかもしれない。

章介は飲み物を欲していることを明らかにするために、シート前のテーブルを倒した。

「お飲み物は何にされますか？」

彼女が訊《き》いてきた。想像していたとおりの柔らかな声だった。近くで、その黒目勝ちの大きな瞳でみつめられると、舞いあがってしまいそうだ。

「コ、コンソメスープをお願いします」

そう答える声が裏返りそうになった。

「承知いたしました」

彼女が温かいコンソメスープを注《つ》いだ紙コップを渡してくる。

そのとき、章介は彼女の左胸についている名札の文字を読み取った。漢字で『南野』と書かれ、その下にローマ字で『みなみの』という読み方が記してあった。

（そうか……南野さんか）

確認しつつ、

「ありがとう」

と、お礼を言うと、にこっとした。それが、作ったものではなくて心からの笑みに思えて、それだけで気分が良くなる。

首に巻いたスカーフがとても似合っているし、こうして見ると、制服のブレザーを持ちあげた胸のふくらみも大きい。

カートを押して前に進む彼女の腰が、章介の肘掛《ひじか》けにかけている左腕にわずかに触れて、その感触が心地よかった。

しばらくして、彼女が通路を通りかかったとき、章介は呼び止めて、声をかけた。

「あの、縁《ゆかり》シールはお持ちですか？」

「はい……」

彼女が制服のポケットから取り出したのは、そのCAの縁《ゆかり》のある県の名所を赤い線で描いたシールで、『縁＝ゆかり＝都道府県シール』と言う。

乗客とCAとのコミュニケーションを取るために行われているもので、新型感染症が蔓延《まんえん》した際は一時的に途絶えたが、また復活した。

スマホのアプリに記憶させるものもあり、その場合は四十七都道府県すべてのシールを集めると、記念品がもらえるらしい。

章介も幾つか持っているが、今回はこのCAと少しでも話をしたいから、声をかけた。

シールを見て、驚いた。そこには、丘に立つレンガの教会が赤いラインで描いてあった。県名は長崎県とある。

「南野さんは長崎出身ですか？」

「えっ……ああ、はい……五島列島《ごとうれっとう》の福江島《ふくえじま》出身なんです」

このシールはあくまでもそのCAの関係の深い都道府県の名所を描いたものであり、出身県とは限らない。だが、彼女に関しては、長崎出身だったようだ。

「いいですね、福江島。俺も行ったことがあります。鬼岳《おんだけ》でしたか、丸く坊主頭の山がかわいかった」

「そうですね。あそこは草の上をすべることもできて、愉《たの》しいところですよ」

南野さんがうれしそうに答える。

もっと、このCAと話したかった。周囲の客が気になったが、多くは眠っているようだし、旅の恥はかき捨てともいう。

CAは地方にステイすることも多く、そこの土地の美味しい店をよく知っていると聞いたことがある。

「あの……福岡空港の近くのホテルに泊まるんですが、まだ夕食を摂るところも決めてなくて。十時過ぎでも開いている、いい店をご存じないですか？」

思い切って、訊《き》いてみた。

「ええと、長崎なら詳しいんですが、福岡はまだあまりよく……。訊いてきますので、少々お待ちください」

彼女が急いで、通路をギャレーのほうに歩いていった。

何だか申し訳ないような気がしたが、実際にまだ食事する場所を決めていなかったので、たんに彼女に近づきたくて訊いているわけではない。

しばらくすると、南野さんが帰ってきた。

「あの……覚えられないので、メモしてきました。このなかから選ばれたら、まず間違いないと思います」

と、メモを渡してくれる。

そこには、ととのった字で四つの店の名前と、モツ鍋やラーメン、肉などと、料理の種類が書かれてあった。

「ありがとう。行ってみます。申し訳ないですね、面倒をかけてしまって」

「いいんです。わたしこそ、さっと答えられなくて……まだまだ勉強が足りません。そろそろ着陸モードに移るかと……」

「わかった。ありがとう」

彼女は丁寧《ていねい》に会釈をして、通路を戻っていく。

前からもいいが、後ろ姿がとくに素晴らしい。足がすらりと長く、腰が随分と高いところにある。膝《ひざ》までのスカートが健康的なヒップに張りついて、絶景だった。

決して、尻フェチというわけではないが、この尻に惹かれない男はいないだろう。

章介はメモをなくさないように、財布のなかにしまった。

2

ホテルにチェックインし、章介はメモの最初に書かれていた店をアプリで調べて、その場所に向かった。徒歩で行ける距離にある牛モツ鍋専門店である。もしかしたら、南野さんを含めたＣＡたちが来ているのではないか、という淡い期待を抱いていた。

最終便のフライトだから、あの飛行機のクルーたちはほぼ間違いなく福岡ステイだろう。

赤い提灯《ちょうちん》に店名が黒く書かれた店舗の暖簾《のれん》を潜《くぐ》ると、店はもう十時半だというのにそれなりに混んでいた。

ぱっと見では、ＣＡたちはいないようだ。

（やはり、そうそう上手くはいかないよな）

店員に案内されて、奥の席に向かっているとき、

「勝手になさい！」

怒声とともに三十代のきりっとした美女が個室から飛び出してきた。

びっくりして見ると、その個室にはあのＣＡ、南野さんがいた。

クリーム色のだぼっとしたニットを着て、短いスカートを穿いていた。制服から普段着に着替えていて雰囲気は多少違った。それでも、この目の大きな美人を見間違えるはずがない。

彼女は立ったまま、去っていった女性を目で追っていたが、すぐに、章介がフライト中に話しかけられた乗客だとわかったようだ。

複雑な顔をした。

やがて、つぶらな瞳から見る見る涙の粒があふれでた。

きっと尋常でないことが起きたのだろう。ここは、黙って見過ごすわけにはいかない。

「あの……さっき同じ飛行機に乗っていた……」

心配になって、声をかけた。

「ええ、覚えています」

涙を拭きながら、南野さんが答える。

「教えていただいた店に来てみました。ほんとうに失礼なんですが、できましたら同席をお願いしたいんですが、よろしいですか？」

「いいですけど……」

テーブルには、モツ鍋が中途半端な状態で残っていた。

「かまいません。新しく注文しますので……」

章介は非礼を承知で押し切ることにした。

「知り合いだから、この席にします。新しく注文するので、呼んだら来てください。まずは、壜《びん》ビールとコップを二つお願いします」

店員を返して、個室に入っていく。

「びっくりしました。今日はやっぱり、このへんにお泊まりになるんですね？」

「ええ、はい……」

彼女は戸惑った顔をしている。

「ひょっとして、今出ていかれたのは、先輩ＣＡの方ですか？」

「はい……チーフパーサーの岩窪《いわくぼ》さんです」

「チーフパーサーというと、ＣＡのトップですね。彼女と何かあったんですか。すごい剣幕で出ていかれましたけど」

「それは……」

彼女が口ごもった。それはそうだろう。会ったばかりの人に内情を打ち明けられるはずがない。

「ああ、私はこういう者です」

章介は会社の名刺を差し出す。

全国のチェーン店の経理をチェックするのが仕事で、頻繁に各地を飛びまわっている。Nドラッグはとくに西日本に強く、出張も西日本の地方都市が多い——などと説明した。

こうやって身元をはっきりしておかないと、彼女だって不安で、肝心なことは話してくれないだろうと思ったからだ。

身元を明かすと、彼女も自分のことを話した。南野由季《ゆき》だと名乗り、この航空会社に入社して三年目で、二十五歳だと言う。

詳しい事情を訊ねる前に、まずは食事を注文したい。

由季におすすめの料理を聞いた。

「味噌味と醬油味があって、どちらも美味しいですよ」

「じつは、名古屋の味噌煮込みうどんが大好きなんです」

そう答えると、

「それなら、味噌味のモツ鍋をお薦めします」

由季が言う。

ちょうど生ビールが届いたので、味噌のモツ鍋を頼んだ。

由季にビールを勧めた。最初は固辞《こじ》していたが、強引に促《うなが》すと、

「少しだけなら」

由季がコップを持って、酌《しゃく》を受けた。

自分のコップにも注《つ》ぎ、カンパイとだけ言って、ごくっと呑《の》む。

美味しい。冷えたビールが喉《のど》をすべり落ちていく、その喉越しがたまらない。

由季は最初は慎重にコップを傾けていたが、やがて、こくっ、こくっとかわいい喉音を立てて、半分ほど呑んだ。

しばらくして、モツ鍋が運ばれてきた。

鍋の上に載っている大量の短く切られたニラの緑が鮮やかだ。なかにはキャベツなども見える。

ニラの上に載った大量のゴマと赤い唐辛子が食欲をそそった。

由季も残っていたモツ鍋を美味そうに口に運ぶ。

コラーゲンたっぷりのモツ鍋は、美容に人一倍気をつかっている客室乗務員なら、ぜひ摂取しておきたいものだろう。

由季は髪を今もシニョンにまとめていて、ビールが効いてきたのか、顔がほん

のりと紅潮してきている。

章介は、以前に一度行った五島列島で印象的だった、旧五輪教会堂《きゆうごりんきようかいどう》や福江島の展望台を話題にあげた。

すると、由季も懐かしかったようで、笑顔で小さい頃の思い出を語った。鬼岳ではダンボールを敷いてのすべりっこを随分としたらしい。

「でも、福江島出身のCAさんってあまりいないんじゃないですか。すごいと思います……大学を卒業してから、受けたんですか？」

「長崎の短大に通いながら、CAになるためにいろいろと勉強しました。とくに語学は……英語をほんとうに一生懸命にやりました。一次、二次までは進めたんですが、最後の面接が難関で……合格したときは信じられなくて、頰《ほお》をつねっちゃいました」

由季が当時のことを思い出したのか、微笑《ほほえ》んだ。それから、急に表情を引き締めて、

「さっきの岩窪パーサーもじつは長崎出身で、それですごくよくしていただいていたんです……」

そう言う由季の顔に影が落ちている。

「さっきは何があったんですか？」

今だと思って、切り出した。

「じつはわたし、先日彼にフラれて、それから、仕事が手につかなくてミスが多くなって……」

「由季さんを袖にするような男がいるんですか。信じられない」

章介の本音だった。

悩みの一端を打ち明けた由季は、一転して饒舌《じようぜつ》になった。

「CAの仕事って、みなさんが思っていらっしゃるよりははるかに肉体労働で、あと、気圧の変化もあるし……一日に何回も空の上を往復するし……だから、なかなか彼に尽くしてあげることができなくて……つまり、彼にしたら全然都合のいい女じゃないんですよ。そうしたら、彼に彼女ができたみたいで……普通のOLさんで、時間が合うし、料理もすごく上手いみたいで、セックスだって求めるだけ応じてくれるみたいで……だから、トランスファー……乗り換えられたんです。それで、落ち込んでいたら先輩にいろいろと諭《さと》されまして……わたしももっともな話だと思って、自分を責めていたんです。そうしたら、チーフがいきなり隣に来て、ちゅっ、ってキスしてきたんです。その瞬間、あのウワサはほんとうだったと思いました」

「ウワサ？」

「はい……岩窪パーサーがレズビアンだってことです」

「はっ……」

章介は啞然としてしまった。

「わたし、びっくりして、固まってしまって、そのままキスされつづけて……彼女が耳元で囁《ささや》いたんです。今夜、部屋に行くわねって……だから、わたしは言ったんです。『そういうの、無理です。先輩を尊敬しています。でも、そういうのは絶対に無理ですっ』って。そうしたら、それはやってみないとわからないと言われました。わたしなら、あなたをきちんとイカせる自信があるって。男より女のほうがよっぽど上手いわよって。だからわたし、それ、セクハラですって……そうしたら、『勝手にしなさい』って出ていっちゃいました。わたし、どうしていいかわからなくて……」

目尻のスッと切れた大きな目がまた潤《うる》みはじめた。

「それは困ったねえ……」

ＣＡのリーダーであるチーフパーサーに由季のような新人が嫌われたら、厄介な事態になる。しかし、この場合、悪いのは圧倒的にパーサーのほうだ。

部外者の自分に、どんなアドバイスができるというのか——。

『パーサーを、しかるべきところに訴えたら』と言っても、その結果を引き受けることまではできない。

重い空気を感じつつ、章介はぐつぐつ煮えているモツと少量のキャベツ、ニラを皿に取り、味噌味のスープとともに口にした。

味噌は濃いが、案外あっさりとしている。何度も下茹《したゆ》でして臭みを取った小腸だけのモツは、嚙《か》むほどにその弾力を伝えてくる。

「うん、美味しい！　ぷりっぷりだ」

思わず言うと、由季も、

「そうでしょ。よかった、喜んでもらえて」

さっきまでとは打って変わって、白い歯を見せた。

その後、パーサーとの関係を聞きつつ、社内のコンプライアンスの窓口に訴える前に、まず、パーサーの上司や同僚に相談してみたらよいのでは——などと、あまり役には立ちそうもない提案をした。

由季はよほどお腹が空いていたのだろう、最後には今流行《はや》りだというちゃんぽん麺をモツ鍋に入れて、きれいに平らげた。

パーサーが料金は払っていったというので、自分の分を払って、章介は由季とともに店を出た。

「ホテルはどこ？」

「Gホテルです」

由季の答えに半分驚き、半分はやはりと思った。

航空関係者はステイのときは、空港に近いビジネスホテルに泊まるのが普通だと聞いていたから、もしやと思ってはいた。

「同じですよ。俺もGホテルです」

そう答える章介の声が弾《はず》んでしまう。

（うん、待てよ！）

同じホテルに宿泊と聞いて、ある考えが脳裏に浮かんだ。

迷ったが、一応言ってみた。

「さっき、岩窪チーフが部屋に来るかもしれないって言ってましたよね」

「ええ……先輩、けっこう執着心《しゅうちゃくしん》の強い方なので、あのくらいでは諦めないと思います。わたしのルームナンバーを知っているので、いらっしゃるような気がします」

「でしたら、俺の部屋に来たらいい。幸い、部屋はツインですし、俺は絶対に何もしません。ですから、しばらく俺の部屋にいらしたらどうですか。それで、チーフが諦めた頃合をみて部屋に戻ればいい。どうですか？」

「……なるほど。でも、今井さんに申し訳ないです」

「そんな、全然迷惑じゃありません。それに、もう一度はっきり言いますが、南野さんには指一本触れません。それは約束します」

章介は切々と訴えた。

下心がないといえばウソになる。

だが、追い詰められている南野由季を助けてあげたいという気持ちもある。いや、その方が強い。

さっき、身の上話として、章介が妻とは離婚して、現在は独り身であることは伝えてある。

ダメならダメでいい。返事を待っていると、由季が言った。

「では、ほんとうにご迷惑かけて申し訳ないんですが、そうさせてください。なるべく、早く帰りますから」

「よかった。絶対にそうしたほうがいいですよ。根本的な解決にはならないけど、少なくとも一時的には逃れられる」

由季がうなずき、ホテルに向かって歩く。

こうして並ぶと、由季の背の高さをいっそう感じる。おそらく、百六十五センチはあるだろう。

道すがら、今こうして自分が現役CAを部屋に招くのは、とても現実のことだとは思えなかった——。

3

章介はホテルのベッドに横たわって、窓側を向いている。

ツインの窓側のベッドだ。

バスルームからは、由季が身体を洗うシャワーの音がかすかに聞こえる。

由季はホテルに到着すると、自分の部屋に向かわずに、直接、章介の部屋にやってきた。

化粧を落として、シャワーを浴びたいと言うので、まず章介が最初にシャワーを浴びて、速攻で出てきた。

そして、今は由季がシャワーを浴びて、身体を洗っている。

部屋の照明は、ベッドサイドの明かりとフットライトだけに絞ってある。

明朝、由季はフライトのために午前九時にロビーに集合らしい。

ステイしたときは、フライトとフライトの間に一定以上の時間を開ける決まりになっているらしい。

岩窪パーサーから逃れるために、できれば朝までここにいて、それから自分の部屋に戻り、支度をしたいと言っていた。

今日はすごく疲れたので、すぐにでも眠りたいらしい。この機会を利用して、章介といけないことをするという考えは一切なさそうだ。

やはり、ＣＡは重労働なのだ。

それに、ＣＡといえば、今だって花形の職業。

相手が有力企業の若い社長でハンサムならば話は別だろうが、章介のようなごく普通の会社員に抱かれるわけがない。

（まあ、いい……俺は一時的にせよ、南野由季という美人ＣＡを女上司のセクハラから助けた。そのうちにまたいいことがあるさ）

しばらくすると、ようやく由季がバスルームから出てきた。

章介はベッドで窓側を向いて横臥《おうが》しているから、由季の様子を実際に見ることはできない。

音だけで、それを察しなければいけない。

足音が近づいてきて、隣のベッドに座る音がする。

それから、二つのベッドの間にあるデジタル時計や照明器具などに触れているような気配があった。

おそらく、明朝の起きる時間をセットしているのだ。普段ならスマホを使うのだろうが、現在は岩窪パーサーからの連絡を絶つために電源を切ってあるのでアラーム機能は使えない。

サイドテーブルに置いてあったミネラルウォーターを、こくっ、こくっと飲む音がする。

そのあとで、ベッドが揺れて軋《きし》むような音がした。

今、横になったのだろう。

おそらく、着ているものはこの部屋にあったガウン式の白いナイティのはずだ。まさか新しい下着を持って外出はしないだろうから、ノーブラ、ノーパンに違いない。

（ううむ、ナイティの下は裸か……抜群のプロポーションなんだろうな）

章介は極力動かないようにして、ゆっくりと呼吸をする。

隣のベッドで寝返りを打つような気配があったが、やがて一切物音がしなくなった。

（寝たのか……まあ、こんなものだろう）

これ以上気をつかうのは愚かである。

（よし、眠ろう）

羽根布団を深くかけてしばらくしたとき、そっと掛け布団がめくられ、由季が身体をすべり込ませてきた。

横臥している章介の背後に寄り添うように、ぴったりとくっついている。

温かい吐息をうなじに感じ、柔らかな乳房の感触や呼吸の上下動が背中に伝わってくる。

息だけでなく、接している身体も温かい。

その温かさが、章介の肌に伝わると、血流が下半身に向かって流れ、分身が少しずつだが力を漲《みなぎ》らせてくる。

手が脇腹をスッと撫《な》であげてきて、章介はびくっとしてしまう。

「今井さん、起きてるんでしょ？」

由季が耳元で囁《ささや》く。

「ああ……ばれたか」

章介が仰向《あおむ》けになると、由季はごく自然に、章介の二の腕と肩のあたりに頭を乗せ、横臥する形で章介のほうを見た。

「やさしいんですね」

「何が？」

「……だって、わたしがこのベッドに来なければ、何もせずに寝てたでしょ？」

「まあ、それは……」

「どうして？　わたしが二十歳以上も年下だから？」

由季が上体を持ちあげて、上から章介を見た。

シニョンにしていた髪が今は解かれて、胸のあたりまでウエーブしながら伸びている。目尻のスッと切れた大きな目が、章介の心のうちを見透かすように見つめてくる。

「……それもある」

「それも、って……？」

「やっとセクハラを逃れてきた人に、同じようなことをできるわけがない。それじゃあ、助けたことにならない」

「ほんとうに、そう思ってますか？」

「……お、思ってるよ」

「じゃあ、これは？」

由季の手がすっと下腹部に伸びて、ガウン式の寝間着の股間を柔らかくつかんだ。耳元で由季の声がした。

「自分がセクハラだって思っても、相手がそうは取らないことって、あると思いますよ」

「……そうなの？」

「……最初はそんな気なかったけど、今井さんがやさしいから……それにこうでもしないと恩を返したことにはならないかなって」

そう言って、由季が顔を寄せてきた。

上から章介の頭髪をかきあげて、額《ひたい》にちゅっ、ちゅっとキスをする。

鼻の頭から、唇へとおろしていき、ついばむようなかわいいキスをする。

ディープキスはせずに、由季は章介の寝間着の前のボタンをひとつ、またひとつと外していき、胸板に顔を擦《こす》りつけてきた。

「いいの？」

「……お礼です。今井さん、すごくいい人だし……それに、女の人の扱いに慣れている気がする。無理強《むりじ》いしないし、すごく気をつかってくれているし……バツイチだって言ってたけど、恋人はいるんでしょ？」

「……いないよ」

「ウソ。絶対にいる。いるよね？」

「……ゴメン。ウソをついた。いる」

「やっぱり、どんな方？」

藤田美詠子、島村季里子、高柳靖子と、女の顔が次から次へと浮かんできた。いざとなったら、季里子も靖子も大阪や名古屋に行って、求めればセックスに応じてくれるかもしれない。だが、いわば現地妻ならぬ現地恋人みたいなもので、あくまでも本命は美詠子である。

「姫路にいるよ」

「すごい……！　やっぱり、それで切羽詰《せっぱつ》まったところがなかったんだ」

「あんまりそういうことは関係ないよ」

「あると思うよ。ガツガツしているようでガッついていないし……女ってそういう余裕のある人に惹かれちゃうんじゃないかな……姫路の女の方に、何か対抗心が湧《わ》いてきちゃった」

由季は長い髪をかきあげて、唇にキスをしてきた。

今度は激しい。上と下の唇に交互にキスをし、顔を傾け、角度を変えて唇を重ねてくる。

章介が舌を出して、歯列の間をまさぐると、唇が開いて、由季がその舌を受け入れた。

一生懸命に舌をからめてくる。

達者というわけではないが、その情熱的な舌づかいに分身がはち切れそうになる。

由季はキスの間も、章介の寝間着の前をはだけて、いきりたつものを強弱つけて握り込んでくる。

そうされると、オスの本能が燃え立った。

章介は下から由季の寝間着の前ボタンを上からひとつずつ外していく。

外し終えると、由季が自分から脱いだ。

寝間着の下には想像どおり一切の下着をつけていなかった。

すらりとした体形をしているが、ちょうどいい大きさの乳房が形よく盛りあがり、淡いピンクの乳輪とそれより少し濃いピンクの乳首が手指の間からのぞいていた。

そして、きゅっとくびれたウエストから、充実したヒップが銀杏《いちょう》の葉っぱのようにひろがっている。

妙な言い方だが、福江島のような離島で、これだけ都会的な、スタイルのいい女性が育ったことが不思議だった。いや、逆かもしれない。ああいう自然環境の豊かなところだからこそかもしれない。小さい頃から野山を駆《か》けめぐり、海で泳ぎ、そういう生活が、伸びやかな肢体を育《はぐく》んだのだろう。

一糸まとわぬ姿になった由季が、章介の胸板から下半身にかけてキスをおろしていった。

(まさか……フェラはしてくれないだろう)

章介の予想は見事に外れた。

由季は足の間にしゃがむと、いきりたつものについばむようなキスを浴びせてくる。

（ええ、ウソだろ？　飛行機に同乗していたあのＣＡが俺のチンコを……！）

昂奮しつつも、その光景を目に焼きつけようとする。

由季は這《は》うような姿勢でこちらを向いているので、持ちあがった尻の豊かな景観に圧倒された。

きゅっとくびれたウエストから雄大な尻がひろがっている。

そして、由季はふっくらとした唇を屹立《きつりつ》に沿って、上下に走らせる。

横に向けていた顔を立てて、髪をかきあげた。

それから、ゆっくりと唇をひろげて、亀頭部《きとうぶ》から頬張り、唇をかぶせてくる。

かるく波打つ髪が垂れさがっていて、全部は見えない。時々、髪をかきあげて、様子をうかがうのだが、その顔がきれいで、かわいい。

由季は手をつかおうとしないで、ひたすら唇でしごいてくる。

唇を上から下まですべらせ、それを何度も繰り返す。

ただ唇をからませているだけなのに、ひどく気持ちがいい。

由季はちゅるっと吐き出して、亀頭部の真裏にちろちろと舌を走らせた。

亀頭部の丸みに沿って、円を描くように舐《な》めると、また上から頬張ってきた。

「んっ、んっ、んっ……」

今度はつづけざまに顔を打ち振って、亀頭冠《きとうかん》を小刻《こきざ》みにあやしてくる。

一生懸命に唇をすべらせるその一途《いちず》さが、章介の胸を打った。

同時に、たちまち放ちそうになって、矛先《ほこさき》を逸《そ》らすため、また、由季を見たときからの願望を叶えるためにも言った。

「ありがとう。きみもフライトで疲れているだろうから、いったん休んで」

すると、由季はちゅるっと吐き出し、「やさしいのね」と言って、章介を見た。だが、実際はやさしさから言ったのではない。

「で、お疲れのところ、ほんとうに申し訳ないんだけど……ひとつ頼みたいことがあるんだけど、いいかな？」

「何ですか？」

「……シックスナインをしたいんだ」

「……………！」

「じつは、搭乗してるときから、きみのお尻が素敵だなと感じていた。だから、そのお尻をこちらに……ああ、いやだったらいいんだ。ほんと、いやだったら、いいんだ」

「ふふっ、よく言われるんですよ。お尻が大きいって……別れた彼にもデカ尻だってからかわれて……だから、コンプレックスなんです」

由季がまさかのことを言った。

「いや、それは逆だよ。そんなことを言う彼氏とは別れて正解だった。そうじゃないよ。きみのそのお尻が素晴らしいんだ。魅力的なんだ」

章介は力説する。

「……そうですか？」

「ああ、絶対だよ。ウソじゃないって……」

「……今井さんはシックスナインをしたいんですよね？」

「ああ、もちろん」

「だったら、します……恥《は》ずかしいから、あまり見ないでくださいね」

由季は尻をこちらに向けて、おずおずとまたがってきた。

（ああ、このヒップは別格だ！）

実際に目の前にすると、由季のヒップは雄大でなおかつ品格があった。

おそらく、ウエストがきゅっとくびれて、そこからハート形にせりだしているから、とてもセクシーなのだ。

男は女のウエストとヒップの大きさの比率がある数値以上の女体に本能的に惹

かれるという。

由季はその理想のプロポーションを体現しているのだと思った。丸々とした左右対称のヒップは光沢があり、谷間にはセピア色の窄《すぼ》まりが見え隠れし、底にはふっくらとした肉土手が合わさっていた。

「素晴らしい……触っていい？」

「ええ……」

章介は左右の尻たぶを撫でさすった。むっちりと肉の詰まった尻たぶが揺れて、その間の割れ目がわずかに口をのぞかせる。

「ぁああ、恥ずかしいわ。大きいでしょ？」

由季がくなっと腰をよじった。

「大きいからいいんだよ」

「そうですか？」

「そうだ」

由季がきゅっと尻たぶを引き締める。次の瞬間、下腹部のイチモツが温かく湿った口腔《こうこう》に包み込まれていった。

由季は激しくストロークしないで、棒状の飴を頬張るようにねっとりと舌をからめてくる。

（ああ、蕩《とろ》けていくようだ……気持ち良すぎる！）

章介はしばらく、そのよく動く舌に翻弄《ほんろう》された。

（ああ、そうだ。自分からシックスナインを求めたんだから、ここは俺もしないと……！）

章介は頭の下に、ホテルの大きくてふわっとした枕を敷く。こうすると、顔の位置があがって、無理なく、女性器に貪《むさぼ》りつける。

陰毛もＩ字に密生した部分以外はきれいに処理されていて、清潔感があった。よく見ると左側の肉びらが少し大きく、褶曲《しゅうきょく》していた。だが、わずかにのぞいているなかの色が鮮やかで、粘膜はすでに妖《あや》しいほどにぬめ光っている。

章介にとって、ＣＡはいまだに高嶺《たかね》の花である。ゴクッと生唾を呑んで、いっぱいに出した舌で全体をなぞってみた。

すると、閉じていた狭間《はざま》がひろがって、潤みきった粘膜が舌にからみつき、

「んんんっ……！」

由季は頬張ったままくぐもった声を洩《も》らして、くなっと腰をよじった。

つづけざまに狭間を舐めあげると、由季の舌の動きが止まって、身を任せる感

じになった。

「んんっ……んんんっ……」

切なそうに腰を揺らめかせる。

いったん顔を離すと、艶《あで》やかな紅色の粘膜が顔をのぞかせ、滲《にじ》みでた蜜がきらきらと光っていた。

（ああ、こんなに濡らして……）

機内で初めて南野由季を見たときの鮮烈な印象が残っているから、あのきりっとしたCAがオマ×コをこれほどまでに濡らすことに、ひどく昂奮してしまう。

今は下のほうにある包皮に包まれた器官がさっきより明らかに大きくなって、目立っている。

章介はそこに狙いを定めた。

漆黒《しっこく》の翳《かげ》りの前のほうに飛び出している小さな突起を、じっくりと舌で上下になぞった。

すると、それが感じるのか、由季は「んんっ、んんん」と声を洩らしながらも、心地よさをぶつけるようにイチモツに唇をすべらせる。

章介はうねりあがる快感をこらえて、肉芽《にくが》を舌で左右に撥《は》ねた。

つづけてれろれろするうちに、由季のストロークがぴたりと止んだ。

章介がクリトリスを根元ごとチューッと吸い込むと、肉の突起が口腔に入ってくる感触があって、

「んんっ……ぁあああ、ダメぇ……！」

由季は肉棹《にくざお》を吐き出して、さしせまった声を放った。

（やっぱり、クリがいちばん感じるんだな）

今度は、突起を断続的に吸ってみた。

チュッ、チュッ、チュッと吸いあげると、小さな肉の突起が真空状態になった口腔に入ってくる感触があって、

「ぁあああ、あんっ、あんっ、ぁあああうぅぅ、ダメぇ……」

由季はがくん、がくんと腰を揺らせる。

章介は逃げようとするクリトリスに貪りつき、腰を両手で引き寄せた。

そうしておいて、また狭間に舌を走らせ、肉芽を舐め、吸う。それを繰り返していると、由季は唾液《だえき》まみれのイチモツをぎゅっと握りしめて、

「もう、もうダメっ……これを……！」

ついには、欲望をあらわに握りしごいた。

4

「まずは、きみが上になってくれるとうれしい。できれば後ろ向きのほうが、お尻が見えてうれしい」

「いいですけど……あまり見ないでくださいね」

「わかった」

言うと、由季はシックスナインの格好のまま、少しずつ下半身へと移動していく。

片膝を立てて、いきりたつものを濡れ溝に導くと、何回か擦って馴染《なじ》ませ、慎重に腰を沈めてくる。

自分でも驚くほどにいきりたつ肉の塔が、熱く滾《たぎ》った女の道をこじ開けていって、

「ぁあああ……」

由季は上体をまっすぐにしながら、あげていた膝をおろした。

(くうぅ……キッキツだな)

章介は二十五歳のＣＡの窮屈なオマ×コに、奥歯を食いしばる。

と、由季がもう待てないとでもいうように、自分から動きはじめた。前後に手を突いてバランスを取り、腰も前後に揺すって、ぎゅっ、ぎゅっと締めつけてくる。

発達した尻は、メスとしての生殖能力の高さを表しているのかもしれない。それはつまり、女性のアソコの具合がいいともいえるのではないか――。

「ぁああ……ああああ、気持ちいい……気持ちいい」

由季が丸々とした尻を振りながら、うっとりとして言う。

最高の眺めだった。

プリプリの桃尻が、後ろに突き出され、前に引かれる。

その所作が徐々に激しくなり、やがて、くいっ、くいっと切れのいい動きで腰を打ち振る。

それから、由季は両膝を立てた。

前に手を突き、M字開脚して、腰を上下に振りはじめる。

（こ、こんなこともできるのか……！……）

目の前で、雄大なヒップが上下に揺れて、そこに章介のイチモツがぶっ刺さっている。

初めて由季を見たときの印象と違いすぎて、そのギャップがまたひどく章介を昂《たかぶ》らせる。

章介は両手を前に出して、尻の動きを補助してやる。上へ下へと動く尻を下から支えて、動きを助ける。そうしながら、自分もかるく腰を突きあげてみた。

尻が落ちてくるところを狙って、ぐいと肉棹を突き立てると、ギンとした屹立がストンッと奥を打ち、

「あはっ……！」

由季の顔が撥ねあがった。つづけざまに突きあげると、

「あんっ、あんっ、あんっ……うはっ……！」

細かく痙攣《けいれん》しながら、由季が前に突っ伏していった。

（イッたんだろうか？）

由季は上体を折り曲げ、乳房を章介の足に押しつけるようにして、ぐったりしている。

（ああ、これはすごい……！）

手が届く距離に、由季の大きな尻とヴァギナに嵌《は》まり込んでいる肉柱が見え

る。

体位のせいで、尻たぶが開いていて、セピア色の可憐なアヌスもはっきりと目にすることができる。幾重もの皺《しわ》を集めた窄まりは一切の乱れがない。

由季はいまだに、ぐったりとしている。お尻の穴と結合部を完全に見られているというのに、羞恥心《しゅうちしん》はないのだろうか。おそらく、昇りつめてしまって、我を忘れた状態なのだろう。

（そうか……女性ってここまでなるんだな……）

章介は手を伸ばして、尻たぶを撫でまわした。満遍《まんべん》なく肉のついたヒップを撫でていると、じりっ、じりっと尻が揺れはじめた。

見ると、絶頂から回復したのだろうか、由季が章介の足につかまって、尻を前後に揺すっているのだ。

一糸まとわぬ若々しいボディが前後に動き、それにつれて、屹立がヴァギナを擦っていく。

乳房の先が足に触れているのがわかる。それほどに由季は大きく前屈している。

蜜まみれの自分の怒張《どちょう》が、由季の体内に出入りしているさまが、つぶさに見える。

ぐちゅっ、ぐちゅっと淫靡《いんび》な音とともに、分身が姿を消し、そのたびに、

「あっ……あんっ……あんっ……」

由季が愛らしく喘《あえ》ぐ。

しばらくそれをつづけてから、由季が上体を起こした。

結合したままゆっくりとまわる。

押し入っている肉の柱を中心軸にして、時計回りに身体をずらして、少しずつまわっている。

いったん真横を向く形になった。そこからまたずれてきて、ついには章介と向かい合う形になった。

(この歳でこんなことができるのか……)

感心していると、由季がぐっと屈んで、顔を寄せてきた。

唇を合わせて、かるくついばむようなキスをする。すぐに、ねっとりとしたディープキスに変わる。

長いキスを終え、由季が両手をシーツに突き、上から章介を覗《のぞ》き込むようにし

て、静かに大きく腰をつかう。

かるくウエーブした髪が顔の両側に垂れ落ちて、その陰になった顔が女の色香を滲ませている。

と、由季が膝を立ててM字に開いた。

大胆に腰を持ちあげ、トップから打ちおろしてくる。

すごい勢いでそそりたつ肉柱が体内を深くうがち、

「あんっ、あんっ、あんっ……！」

由季が甲高《かんだか》い声で喘ぐ。

すらりとした美脚をM字に開きながら、その手足の長い肢体を章介の上でかろやかに弾《はず》ませている。

タフなのだと感じた。

ＣＡは肉体労働だと言っていたし、ハードワークに耐えられないとやっていけないらしい。

それは即《すなわ》ち、ベッドの上でもタフであることを意味するのかもしれない。今の由季を見ると、そう思う。

スクワットを繰り返すたびに、自分のイチモツが由季の体内をずぶずぶっと犯

し、

「あんっ、あんっ、ぁああんんん……」

由季は声と身体を弾ませる。

形のいい乳房が躍り、髪も揺れる。

だが、そうそう長くはつづけられないようで、由季が動きを止めて、はぁはぁと肩で息をした。

「……よし、そろそろ俺が動こう……」

章介は結合したまま、由季を後ろに倒していく。

後頭部を打たないように、頭の後ろを手で支えて、自分は上体を立てる。開いた足の間に、由季を仰向けにそっと寝かせた。

その状態でかるく抜き差しすると、

「あんっ、あんっ、あんっ……気持ちいい」

由季が足をM字開脚したまま、乳房をぶるるん、ぶるるんと揺らして眉《まゆ》を八の字に折る。

章介は膝を抜いて、いったん上体を立てた。それから、静かに覆《おお》いかぶさっていく。

折り重なって、唇にキスをした。

舌であやしながら、かるく腰をつかうと、

「んっ……んっ……んっ……ぁああ、気持ちいい。やっぱり、これが好き」

由季が唇を接したまま言う。

「下のほうが好きなんだね？」

「ええ……すごく安心できるから。男の人に身を任せている時間が好き。何も考えなくていいし……」

「俺にできるかどうかわからないけど、やってみるよ。いいよ、身を任せてほしい」

章介は両手をベッドに突いて、打ち込んでいく。

由季は足をM字に開いて、イチモツを深いところに導き入れている。そして、長いストロークを浴びせるたびに、

「あんっ……あんっ……いいの。ズンズンくる……あんっ、あんっ……」

由季は顔の両側に手を置いて、すっきりした眉を八の字に折る。

形のいい乳房が縦に揺れて、淡いピンクの乳首も同じように縦に動く。

長い髪がシーツに扇状に散って、大きな目が今はぎゅっと瞑《つぶ》られている。

（そうだ。まだオッパイをかわいがっていなかったな）

章介は片方の乳房にしゃぶりついた。

直線的な上の斜面を下側の充実したふくらみが押しあげて、素晴らしい形をしている。片手でモミモミすると、指先が沈み込むような柔らかさが感じられて、心地よい。

バランスの取れた乳輪と乳首が清新で、そこに舌を這わせると、すぐに突起が硬くなって、大きくなり、

「ぁあああ、あああぁ……いいよ。そこ、いいの……ぁあぅぅ」

由季がうっとりと喘ぐ。

そして、舌を乳首に打ちつけるたびに膣《ちつ》がぎゅっ、ぎゅっと締まって、怒張を締めつけてくるのだ。

章介は乳首を舐めながら、腰をつかった。

「ぁああ、あんっ……あんっ……ぁあぁ、気持ちいい。今井さん、すごくいいの……ぁああ、蕩《とうすい》けちゃう。わたし、とろとろに溶けちゃう」

由季が陶酔した声をあげる。

「いいんだよ、とろとろになって……」

左右の乳首を交互に舐め、顔をあげて、乳首を指で捏《こ》ねた。

カチンカチンの乳首をつまんで転がし、トップを指の腹でなぞる。そうしながら、腰を入れた。

ぐいっ、ぐいっと突きあげるようにすると、緊縮力の強い肉路がうねりながら包み込んできて、ひどく気持ちがいい。

抜き差しをつづけていると、由季の気配が変わった。

「ああ、ねえ、おかしい……わたし、イクかもしれない……」

シーツに突いた章介の両腕を強く握って、下から訴えてくる。

大きな目はすでに泣いているように潤み、首すじや顔の肌もぼうっと朱《しゅ》に染まり、肌が汗ばんでいた。

「いいんだよ、イッて……」

やさしく言って、章介も体内を擦りあげていく。

このままイキそうだというのだから、もう、余計なことをする必要はない。

同じ姿勢で少し力を込め、打ち込むピッチも少しずつあげていく。

このままでは、まだ章介は射精しそうもない。だが、それでもいい。由季が気を遣《や》ってくれれば本望だ。

腕立て伏せの格好で腰を躍らせると、いきりたっているものがずりゅっ、ずりゅっと窮屈な肉の道を犯していく手応えがある。

「ねえ、イキそう……イッちゃうよ」

由季が涙目で訴えてきた。

「いいぞ、イッて……そうら、いいんだよ。すべてを忘れて、イキなさい……そうら」

章介がたてつづけに打ち込むと、

「あんっ、あんっ、あんっ……イク、イク、イクぅうううぅぅ……はうっ!」

由季はのけぞり返って、両手でシーツをつかんだ。

駄目押しとばかりに奥に打ち込むと、

「ぁあああ、また来るぅ……!」

由季はまた大きくのけぞって、顎《あご》をせりあげる。

それから、がくん、がくんと躍りあがり、精根尽き果てたように動かなくなった。

恥ずかしいのか、右手でイッてしまった自分の顔を隠している。

5

由季は朝の五時くらいまでいて、自分の部屋に帰っていった。

（素晴らしい夜だった。こんな夜はもう二度と訪れないだろう。何しろ、現役ＣＡとオマ×コできたのだから）

章介は満足しつつも、もう少し眠っておこうと、うとうとした。

どのくらいの時間が経過したのか、ピンポーンとチャイムの音がして、飛び起きた。ドアまで歩き、覗き穴から外を見ると、そこに制服姿の南野由季が立っていた。

（由季ちゃん……！）

急いでドアを開けると、由季が入ってきた。

ＣＡのキャリーバッグを引き、完璧な制服姿で薄化粧をして、スカーフも首に巻いている。

「……どうしたの？」

思ってもみなかった事態に、思わず訊ねていた。

「今井さん、あのあとで、制服姿のＣＡとセックスするのが男の夢だって言ってたでしょ？」

由季が微笑む。確かにそう言った覚えがある。

「だから、来たの。パンプスは地上勤務のときの七センチのヒールを履《は》いているけど、あとは機内での服装と同じよ。お化粧までしてきたんだから、今井さんのために」

由季は機内での制服そのままの格好だった。

髪は後ろでシニヨンにまとめ、青と赤の模様のスカーフを首に巻き、濃紺に赤い縁取りのあるブレザーを着て、膝丈のスカートを穿き、透け透け感のある黒のストッキングに美脚を包み、黒のヒールの高いパンプスを履いている。

「どう？」

「すごいよ。ほんとうにすごい。ほんと、夢でも見ているようだ。でも、時間は大丈夫なの？　岩窪パーサーは？」

気になって、確かめた。

「時間は大丈夫。九時にラウンジに集合だから。スマホを見たら、チーフからとんでもない数のメールと電話の着信があったけど、すぐにまた電源切ったから。わたしが部屋にいるときには来なかったわ。きっと、ずっと起きていて、朝方になって寝ちゃったんだわ。この部屋はチーフには絶対にわからないから、安心して……今井さんは、いつここを出るの？」

「俺は、そうだな……八時には出たいかな」

「今、六時半だから、まだ大丈夫よね」

「ああ、ぎりぎりまで大丈夫だ」

「よかった……今井さんはどうしたいの。制服姿のわたしと何をしたい？」

「全部したいよ。そりゃあ……けど、まずしてみたいのは、そうだな……対面席ゴッコかな。きみが対面に座って、つまり……」

「わかったわ。あそこでしようよ」

窓際には、一対《いっつい》のソファ椅子が置いてあって、真ん中に小さなテーブルがある。

一度だけ、座席が『お見合い席』になったことがある。非常時にクルーのサポートをしなければいけないというプレッシャーは少しあったが、何といっても、正面にCAがこちらを向いて座っているので、その美貌や美脚に圧倒され、照れてしまい、思うように観察できなかった。

由季はすでに機内でのCAモードに入っているのか、背筋もピンと伸びていて凜《りん》としている。

やはり、制服というのはその職業の戦闘服なのだと思った。

由季はテーブルを移動させて、章介にソファを勧め、彼女も反対側のソファ椅子に腰をおろす。

まさに、飛行機での対面席の状態である。

前にいる由季は足を揃えて、斜めに流し、両手を前で合わせて下腹部に置いている。

きりっとした美貌、かわいく結ばれたカラフルなスカーフ……。黒いパンティストッキングに包まれて、パンプスで持ちあげられた美脚……。

章介の視線を感じたのか、由季は一度、ぎゅうと太腿《ふともも》を強くよじり合わせた。

それから、少しずつ膝を離していく。

足が開くにつれて、ストッキングを張りつかせた太腿の内側が見えはじめ、章介はついつい太腿の奥を覗けるように、ずるずるっと前に腰を出した。

すると、由季は視線を逸らした状態で、さらに膝を静かに少しずつ開いてくれるのだ。

目の位置が低くなったこともあって、透け透け感の強い黒いパンティストッキングに包まれた太腿の内側がかなり際どいところまで見えた。

その、むっちりとした太腿のふくらみと、ストッキングの光沢がたまらない。

一度、由季は焦《じ》らすように膝を閉じた。

それからまた少しずつ開いていき、ついには直角ほどまで足をひろげた。

（おおぅ、白か……！）

黒いパンティストッキングなので、はっきりとはパンティの色はわからない。

だが、おそらく白で、しかもレースの刺しゅうが入っている。

それがわかったとき、章介のイチモツは完全に頭を擡げて、ガウン式寝間着を高々と持ちあげた。

恥ずかしいことに、赤銅色《しやくどういろ》にてかる肉柱が半分、はみ出している。

それを見て、由季が足をぎゅっと閉じた。

擦りあわせ、右手で下腹部にあたる部分をスカートの上から強く押さえつけた。押さえつけながら、また太腿をよじり合わせる。

エロすぎた。

章介が足をひろげると、寝間着の前が割れて、怒張しきった肉の柱がこぼれでた。

「水平飛行に入って、シートベルトのランプが消えたから、立っても大丈夫」

弁解がましく言って、由季が席を立ち、章介の前にしゃがんだ。

スカーフで肩口にアクセントをつけ、濃紺地に赤いラインが入った制服姿で、床の絨毯《じゅうたん》に膝を突いた。黒いパンプスで制服の尻が持ちあがっている。

章介のイチモツがますます力強く、鎌首《かまくび》を擡げてくる。

「ダメですよ、お客様。CAのパンティを見て、ここをこんなにさせては」

由季が見あげて、かわいく咎《とが》めるように言う。

「す、すみません」

「いえ、見せてしまったのはこちらのミスですから、わたくしが責任を取らせていただきますね。お客様はごゆっくりと寛《くつろ》いでいてください」

そう言って、由季は章介の寝間着の前ボタンを上からひとつ、またひとつと外していく。

前を開いたので、モジャモジャの陰毛からそそりたつ肉のトーテムポールが飛び出してきた。

「ふふっ、お客様のおチンポ、元気いっぱいでいらっしゃいますね」

由季は笑顔を見せ、それから、赤銅色にてかる頭部にちゅっ、ちゅっとキスをする。

ついばむようなキスをしてから、伸ばした舌先でちろちろと鈴口《すずぐち》をあやしてくる。

章介には、由季の頭髪が見える。

ポニーテールの髪がシニョンに結ばれていて、かわいらしい。うなじの後れ毛も初々《ういうい》しいエロスを放っている。

さらに、首には青と赤の模様のスカーフが巻かれ、そのお洒落《しゃれ》な巻き方が現役CA感を伝えてくる。

由季は顔を横に傾けて、裏筋に唇をすべらせる。そうしながら、潤んだ舌で筋を舐めている。しかも、右手では皺袋《しわぶくろ》をお手玉でもするように、かわいがってくれているのだ。

「ああ、最高だ！」

思わず口にすると、由季は見あげて、にかっと口角《こうかく》を吊《つ》りあげた。

睾丸《こうがん》をやわやわと適度にあやされ、裏筋をツーッ、ツーッと舐めあげられると、えも言われぬ快感がひろがってきた。

「お客様、お気持ちはおよろしいですか？」

由季が奇妙な丁寧語で訊ねてきたので、

「は、はい……お気持ちおよろしいです」

と、珍妙な言葉で返してしまった。

由季はふっと笑い、うつむいて、上から頬張ってきた。

赤銅色にてかる頭部に唇をかぶせて、一気に根元まですべらせる。

「おっ、あっ……！」

分身をほぼすべて温かな口腔に包み込まれるのは、安堵感《あんどかん》のようものがあってひどく心地よい。しかも、なかで舌が裏のほうにからみついていて、肉棹が刺激を受けて、ますます硬くギンとしてくる。

由季はゆったりと唇を引きあげていき、途中からまた咥《くわ》え込む。

唇と舌が亀頭冠《きとうかん》のくびれにからみついてきて、気持ちいい。

それを数回繰り返されると、ジーンとした痺《しび》れにも似た快感がひろがって、それがまたイチモツをさらに怒張させる。

相乗効果というやつで、ギンとしたものに唇がすべっていくと、さらに気持ちが良くなって、ますます硬くなる。

もう幾らなんでもこれ以上デカくはならないだろう。が、大きくはならないぶん、硬さがいや増しているのがわかる。

勃起度マックスを感じたのか、由季のストロークのピッチがあがった。ずりゅ、ずりゅ、ずりゅっと長く唇をすべらせ、深く頬張る。そこから、引きあげていき、また、深く咥え込む。

くちゅ、くちゅと淫靡な唾音とともに、現役ＣＡの唇がめくれあがり、スカーフが揺れる。

濃紺のパツパツのスカートが張りつく大きな尻が、パンプスによって持ちあげられて、そのヒップも微妙にくねっている。

「ああ、最高だ！」

思わず言うと、由季は右手で根元を握り込んできた。

ひねりを交えて上下に握りしごく。そうしながら、同じリズムで唇を往復させる。

「んっ、んっ、んっ……」

くぐもった声とともに、連続してしごかれると、この世のものとは思えぬ快感が立ち昇ってきた。

「ぁああ、ダメだ。出そうだ……入れたい。入れたくなった。我慢できない」

状態を伝えると、由季はちゅるっと吐き出して、どうしたらいいのという顔で見あげてきた。

「い、椅子につかまって。後ろ向きで」

とっさに指示をする。

由季が座面につかまって、腰を後ろに突き出してきた。

その圧倒的な存在感と丸みが、たまらなかった。

こらえきれなくなって、スカートをめくりあげた。濃紺でバックスリットの入ったスカートがずりあがって、透過性の強い黒いパンティストッキングが尻に張りついている。

（これは、Tバック……？）

そうとしか思えない。白く細い紐のようなものが双臀《そうでん》に食い込み、まっすぐ上に伸びて、Tの形を作っているのが透けて見えるのだ。

したがって、左右の尻たぶを覆うものは、パンティストッキング以外はほぼなく、いっそうヒップの丸みが強調されている。

尻を撫でまわした。ナイロンなのだろうか、透明性があってつやつや感のある生地から、ヒップの肌が透けて見える。触っていても、すべすべして気持ちいい。

(俺って、こんなにお尻が好きだったんだな)

新たな自分を発見しつつ、ひたすら撫でまわしていると、

「ぁああ、もう我慢できない……」

由季がくなっと腰をくねらせた。

それは、章介も同じだ。

パンティストッキングの上端に手をかけて、引きおろす。

膝までおろすと、前面がレース刺しゅうの白いTバックが、ぷりんぷりんの尻たぶの谷間に食い込んでいるのが見えた。

スカートに下着のラインが出ないから、Tバックにしているのだろう。

脱がそうかとも考えたが、膝までさげたパンティストッキングが邪魔で下までおろせない。そもそも、パンティストッキングを脱がせてしまえば、現役CA感がなくなる――。

こうなったら、あれしかない。

Tバックのクロッチをひょいと横にずらすと、ふっくらとした割れ目がのぞいた。そこはすでに、きらきらした蜜をこぼして、濡れ光っている。

ずらしたパンティの脇から、猛《たけ》りたつものを押し当てた。そこはすでに洪水状態で、にゅるっ、にゅるっと切っ先がすべる。

慎重に腰を入れていくと、切っ先が窪地をとらえた。亀頭部が窮屈な肉の道を押し広げていく感触があって、

「ぁあぁぁ……！」

由季がソファの肘掛けをつかんで、顔をのけぞらせる。

「くっ……！」

と、章介も奥歯を食いしばっていた。

熱いと感じる女の道が、ざわめくように肉棹にからみついてくる。

ただ挿入《そうにゅう》しただけなのに、幾重もの肉襞《にくひだ》がうごめきながら、イチモツを内へ内へと吸い込もうとする。

(ああ、俺はついに制服姿の現役CAのオマ×コにあれをぶち込んでいる！)

昂奮状態のなかで、自然に腰が動いた。

両手でくびれたウエストを引き寄せながら、じっくりと打ち込んでいく。

まったりと粘りついてくる肉襞が気持ちいい。

焦らそうと、浅瀬を細かく擦った。

「ぁあああ、あああ、それもいい……」

と、由季は満足しているようだったが、いきなり、自分から腰を後ろに突き出してきて、ぐいぐいと振る。

どうやら、焦らされてこらえきれなくなったようだ。

章介はギアチェンジして、強く打ち込んだ。デカい尻を引き寄せて、徐々にピッチをあげていくと、

「ぁああ、気持ちいい……あんっ、あんっ、あんっ……」

由季がつづけざまに喘いだ。

そのとき、唐突《とうとつ》にある考えが、章介の脳裏に浮かんだ。

（いや、マズいだろう……しかし、由季さんだって案外昂奮するんじゃないか？）

その思いを我慢できなくなって、言った。

「ゴメン。ちょっと場所を移動しよう」

「えっ……」

「歩きにくいかもしれないけど、このまま行こう」

「どこへですか？」

「ベッド脇にあるミラーのところ。あそこできみを映して、したい」

「ええっ、いやっ」

「どうして？　美人CAとしている自分をしっかりと目に焼きつけておきたいんだ。頼む！」

「もう、しょうがないな」

「やった！　じゃあ、押していくよ」

由季は後ろから挿入された状態で、少し前屈みになっている。そして、章介に後ろから押されるままに、一歩、また一歩と前に進んだ。

ヒール高が七センチのパンプスを履いているから、歩きにくそうだ。

章介も結合が外れないように腰を引き寄せて、慎重に進む。

(もし、こんなことを機内でやったら、どうなるのだろう？)

想像しただけで、昂奮した。

どうにかして、姿見のある壁までたどり着いた。

等身大のミラーがかかっており、前に制服姿の由季、後ろに裸の章介が映っている。

章介は腰を後ろに引き寄せ、スカートをたくしあげる。

白いTバックがずれて、豊かな双臀の底に章介のイチモツが入り込んでいる。

前を見れば、スカーフをつけたＣＡの制服姿の由季が、両手を姿見に突いて、うつむいている。

「由季さん、前を見て、鏡を見て」

「……恥ずかしいわ」

「恥ずかしがることをしたいんだ」

由季がおずおずと顔をあげて、鏡のなかの自分と章介を見た。すぐに目を伏せる。

「自分を見て」

言うと、由季がふたたび鏡を見た。

その状態で、章介は打ち込みを開始する。

元の位置に戻ろうとするＴバックが、抜き差しする肉棹を擦ってくる。濡れた肉びらがめくれあがって、肉棹にまとわりついている。

「あんっ、あんっ、あんっ……ぁあああぅぅぅ」

徐々にストロークを強くしていくと、
由季は鏡のなかのもうひとりの自分を見ながら、陶酔した表情を見せる。やはり女性は多少なりともナルチシズムを有しているのだろう。毎日のように鏡を見て、化粧をしているのだから、そうならないとおかしい。

「気持ちいいんだね？」

「はい……」

由季は鏡のなかの自分を見て、はにかみながら、どうしていいのかわからないといった顔をする。

章介は制服のジャケットの前のボタンを外し、白いブラウス越しに胸のふくらみを揉《も》みしだいた。

背後から手をまわり込ませて、弾力のあるオッパイをやわやわと揉むと、それがいいのか、

「ぁああ、あああ、これ……いやらしいよぉ」

由季は上体を立て気味にして、尻を後ろに突き出す。

章介は右手で乳房を荒々しく揉みながら、下から突きあげてやる。すると、尻の底を屹立が斜め上方に向かって擦りあげていき、

「ぁあああ……ぁあああ」

由季が鏡のなかの自分を見ながら、うっとりとして呻《うめ》く。

「気持ちいいんだね？」

「はい……気持ちいい。もっとください」

由季がせがんできた。

「イキたい？」

「ええ、イキたい」

「じゃあ、このままベッドに行こう」

押していって、いったん結合を外した。

パンプスを脱がせ、黒いパンティストッキングとともにTバックも脱がせた。

その格好で、ベッドの端に這ってもらう。

ＣＡの制服をつけながらも、下半身はノーパンという状態の由季が、むっちりとして大きな尻を突き出している。

章介はベッドにはあがらず、床に立ったまま、真後ろについた。

由季に膝を開いてもらい、高さを調節した。

足を大きく開き、女豹《めひょう》のポーズで制服の背中をしならせた由季は、華やかなスカーフがアクセントになって、制服の官能美がむんむんと匂い立っている。

豊かな双臀の底に、艶やかな女の花園が開いている。

章介が猛りたつものを慎重に押し込んでいくと、熱い肉路が包み込んできて、

「ぁああ……！」

由季が凄艶《せいえん》に喘ぎ、背中を大きくしならせた。

両足を踏ん張れるから、打ち込みやすい。

両手で尻を引き寄せて、ぐいぐいえぐりたてると、バスッ、バスッと空気の爆《は》ぜる音がして、

「あんっ……あんっ……あんっ……ぁあああ、お臍《へそ》に届いてる……すごい、すごい……もう、もう、ダメっ……イクよ、イクよ」

由季がさしせまった声を放って、シーツを鷲《わし》づかみにした。

「いいよ、イッていいよ」

「……今井さんもイッて。わたしだけではいや……今井さんも出して！」

「いいの？」

「ええ、大丈夫。出して……欲しい。欲しいよぉ」

由季が訴えてくる。

（いいんだな。出していいんだな）

章介はふんっと丹田《たんでん》に力を込めて、イチモツを上向かせる。

ポニーテールをシニョンスタイルにした髪と楚々《そそ》としたうなじが悩ましい。

首にはカラフルなスカーフがあしらわれ、濃紺のスカートがめくれあがって、むっちりとしたヒップがあらわになっている。

その底に、蜜まみれの自分の肉柱が出入りするのがはっきりと見える。

章介もいよいよ追い込まれていた。

残っているエネルギーをすべて使い果たすつもりで、速く、強く打ち込むと、奥のほうの扁桃腺《へんとうせん》に似たふくらみがからみついてきて、ぐっと性感が高まった。

こらえて、突いた。尻が大きいから、後ろから嵌めていても、視覚的に支配欲が満たされる。射精覚悟でストロークを浴びせると、

「あんっ、あんっ、あんっ……ぁあああ、イク、イク、イッちゃう……イクよ。イクよ……」

由季がかわいく訴えてくる。

「いいぞ、イッて……俺も……おおぅ！」

章介が奥のふくらみに亀頭部を擦りつけたとき、

「イキます……イク、イク、イク……やぁあああぁぁぁ！」

由季はシーツを鷲づかみにして、がくんと大きくのけぞり返った。

駄目押しとばかりにもうひと突きしたとき、章介も放っていた。

脳天が痺れるような強烈な射精だった。

がくん、がくんと痙攣するデカくてプリプリの尻を引き寄せながら、熱い男液を放ちつづける。

夢のような瞬間が終わり、章介は精根尽き果てて女体に覆いかぶさっていく。

すると、由季も前に突っ伏していき、ぐったりとして微動だにしなかった。

第六章　ご褒美セックスで最高潮

1

その夜、今井章介は秋山広太と東京の居酒屋で呑《の》んでいた。

二日前に、Ｎドラッグの大阪地区の統括広報を担当している秋山から連絡が入った。

東京の本社に出張するので、ぜひ会いたいと言う。

秋山には、藤田美詠子のセレクトショップのＨＰなどの広報業務をやってほしいと頼み込んでいる。

彼に決めたのは、単純に章介が秋山と仲がいいからである。秋山は三十二歳とまだ若いが、なぜか気が合い、大阪に出張したときはよく一緒に呑んだ。

信頼がおける後輩だからこそ、美詠子の店の宣伝を頼んだのだ。

その男が上京するというのだから、会わない手はない。それに、秋山のお蔭で美詠子の店は新しい客が来はじめているという。ここは自分が奢《おご》って、その労をねぎらうべきだろう。

そう思って快諾し、居酒屋の個室を予約した。

だが、今こうして呑んでいても、どうも秋山の様子がおかしい。表情が冴《さ》えないのだ。

胸襟《きょうきん》を開いてくれているせいか、いつもなら秋山は快活に話しすぎるほど話す。

しかし、今夜は章介を見る目の底に、何かが潜んでいる。

章介はそれを訊《き》きだしたくて、言った。

「どうした、秋山。いつもと違うぞ。何があった？」

こういう場合は、「何かあったのか？」と訊くと、「いえ、何も……」で終わってしまう。

しかし、「何があった？」と訊けば、すんなりと答えるしかない。

座卓の対面に座っていた秋山がいきなり正座して、言った。

「今井さんは、姫路にいる藤田美詠子さんとのことをどうお思いになっているんですか？」

「どうって……？」

秋山には、自分と美詠子との関係を話していない。

章介はバツイチ、美詠子も夫を亡くして独身だから、不倫ではないし、隠さなければいけないことではない。しかし、積極的に話すことでもない。したがって、交際していることは告げていない。

章介がどう答えようか迷っていると、秋山が言った。

「今井さんと美詠子さんは、つきあっているんですよね。つまり、男と女の関係ってことですよね」

「ああ、そうだ。悪かったな。隠していたわけじゃないけど……」

「わかっていました。美詠子さんからも、そのへんのことはうかがっていましたから」

そうか、美詠子が話したのか――。

それはつまり、美詠子と秋山はその秘密を話せるだけの信頼関係にあるということだ。

「……それで？」

「今井さんは、美詠子さんとこれからもおつきあいなさるわけですよね？」

秋山が妙なことを訊いてくる。なぜここまで突っ込んでくるのかと疑問に思いつつも、答えた。

「……そのつもりだけど」

「でしたら、もっと真剣につきあうべきだと思います」

秋山が言ったので、大いに驚いた。

「いや、真剣につきあっているつもりだけど……」

「じゃあ、先週の土日のデート、なぜ突然キャンセルなさったんですか。あれで、美詠子さんは大変なショックを受けているみたいです」

章介はどう答えるべきか迷った。

先週の土日は、章介が姫路に駆《か》けつけていって、美詠子とひさしぶりに二人の時間を持つはずだった。

しかし、ちょうどその日は急遽《きゅうきょ》、CAの南野由季と逢うことになった。レズビアンをせまられた岩窪チーフパーサーから、パワハラの被害も受けているので相談に乗ってほしいと、前夜に連絡を受けたのだ。

章介は悩んだ末に由季と逢うことにした。

美詠子には、どうしても今解決しないといけない問題があって、今週は行けない。その代わりに、来週末には必ず行く。申し訳ない——と、丁寧《ていねい》に話して納得してもらったつもりだったのだが……。

「どんな事情かまでは訊きません。でも、美詠子さんはすごく落胆していました。見ていられないほどでした」

「……そうか」

章介としては、先日、先輩のハラスメントに怯《おび》える由季を自分の部屋にかくまい、情にもほだされてしまった手前、その厄介な問題を放ってはおけないと思って、相談に乗ることを選んだ。

一夜を共にした由季の若い肉体は魅力的だったが、その日は、決して身体目当てで逢ったわけではない。

現に、当日の夜は飲食して相談には乗ったものの、由季といけないことはしていない。

それは自分が藤田美詠子とのデートをドタキャンしてしまっているという事実の重さを、充分に理解していたからだ。

しかし、結果的には、章介が新しい女との用件を優先して、美詠子をおろそかにしたことは事実である。

「……わかった。教えてくれてありがとう……早速、彼女には連絡をしておく」

話はこれで終わりかと思ったが、秋山がつづけた。

「……お二人は遠距離恋愛ですよね？」

「そうだけど……」

「遠距離恋愛って、男にはかえって都合がいいこともあるし、やっていけると思うんです。男ってセックスした後、いわゆる賢者《けんじゃ》タイムになって性欲もなくなり、かえって女とは別々に寝たほうが疲れも取れるじゃないですか。でも、女の人って、違うって聞きます。ベッドインしたあとも、ずっと恋人と一緒にいたいって思うらしいですよ。それって、やっぱり美詠子さんも同じで、今井さんと逢って、一晩で別れるのがすごくつらいんじゃないでしょうか？」

「………」

「それで、あの……」

「何だ？」

「俺なら、彼女とずっと一緒にいられます」

「えっ！」

章介は一瞬ぽかんとしてしまった。だがすぐに、なるほどそういうことか、と事情を理解した。

「きみは、あれか……美詠子に惚れたのか？」

問うと、秋山が言った。

「ええ、美詠子さんに惚れました。すみません」

驚いた。しかし、考えたらあり得ないことではない。

藤田美詠子は客観的に見て、容姿がいいし、性格もいい。とくに、男にすがるようなところがあるから、秋山も頼りにされるうちに、美詠子を何とかしてあげたいという気持ちになり、それが恋愛感情に変わったのだろう。

美詠子が先輩社員の恋人であることを知りながら、こういうことを口にするのだから、よほどのことだ。だが、ここは冷静になりたい。

「……それで？」

「もし、今井さんがいい加減な気持ちでつきあっているのなら、別れてください。俺が代わりに美詠子さんの恋人になって、いろいろと面倒をみます」

（おいおい……何だよ、それは？　俺をナメているのか！）

章介は口から出かかった言葉を呑み込んだ。

どう対応したらいいのか考えていると、秋山が言った。

「今井さんが約束をドタキャンしたその夜、俺、美詠子さんに呼ばれたんです。きっと、寂しくてやりきれなかったんだと思います。で、美詠子さん、すごく酔っぱらって、俺に寄りかかってきて……。彼女をマンションの部屋まで送りました。そうしたら、別れ際にキスされたんです。唇にですよ。でも、部屋に入ろうとしたら、ダメって断られました。俺、今度あういうことがあったら、美詠子さんを……」

「いいよ。わかった……もうそれ以上は言うな。お前がどれだけ彼女を好きなのかはよくわかった。だけど、俺も美詠子に惚れているんだ。心から……」

「だったら、先週みたいにドタキャンするなんて、おかしいですよ」

ぎくっとした。確かに、秋山の言うとおりだ。あのとき、自分は美詠子との約束を優先すべきだった。

「そうだな。わかった」

章介は深く考えずに、言った。

「今から、美詠子に逢いにいく。それで、信用してもらえるかな?」

「今からって……もう、九時過ぎですよ。姫路までの新幹線はもうないし、新大阪行きも最終が東京発九時二十四分だから、とても無理です」

秋山が眉間《みけん》に皺《しわ》を刻《きざ》んだ。

「いや、確か姫路行きの高速バスが新宿《しんじゅく》バスタから出ているはずだ」

「確かに出ていたような……でも、時間が……」

「調べてみるよ。ダメだったら、タクシーという手もある」

「タクシーって……二十万近くかかりますよ」

秋山が目を丸くした。

「それでもいいさ。その前に、深夜バスだな」

章介はスマホのアプリで姫路行きの深夜バスを調べた。

すると、あった。倉敷《くらしき》が終着で途中、姫路駅南口にも止まる。

新宿バスタを十時十分に出て、姫路駅南口には早朝の六時四十分に到着する。

「あったな。今が九時二十分。新宿まで二十分あれば行ける」

声をあげると、秋山も同じアプリを見ていたのだろう。

「ありますね。予約入れないと、満席かもしれません」

「そうだな。よし……」

見ると、幸いにまだ五席空いていた。

早速、予約する。

「できたぞ」

「じゃあ、とにかく急がないと……」

秋山がせかしてくる。妙なやつだ。さっきまでとは言うことが違う。

「早く！　ああ、ここは奢ってくださいよ」

「わかってるよ。じゃあ、また大阪でな」

章介は店の支払いをカードで済ませて、一階へと階段を駆け降りていった。

2

およそ九時間後、章介は定刻をすこし過ぎて姫路駅南口で高速バスを降りた。

二人用シートの隣にはサラリーマンらしい太った三十後半くらいの男性が座っていて、快適とはいえなかったが、とにかく章介は自分の美詠子への愛情の強さを秋山に見せることができた。

それ以上に、今、章介は自分のしていることに昂奮を覚えていた。

四十八歳にもなって、深夜の高速バスに乗り、遠距離恋愛の恋人に逢いにきたのだ。

美詠子には一切連絡をしていない。いきなり現れたら、さて、どんな顔をするだろう。

章介は駅前でタクシーをつかまえて、藤田美詠子のマンションへと向かった。

すでに日は昇っていて、朝日が姫路城の白壁をほんのりと赤く染めていた。

(やっぱり俺はこの風景が好きなんだな)

車がマンションに近づくにつれて、気持ちが昂《たかぶ》ってきた。

もう何度か来ているマンションの前でタクシーを降りて、最上階である五階へとエレベーターであがっていく。

ちょうど午前七時。訪問するにはいささか早すぎる時間だが、果たして吉と出るか、凶と出るか――。

意を決して、インターフォンを押した。

しばらくすると応答があり、

「はい。どなたでしょうか?」

美詠子の眠そうな声が聞こえる。このインターフォンにはカメラがついていないから、自分とはわからないはずだ。

「早朝からゴメン。俺です。章介です」

インターフォンに向かって言うと、

「……章介さん？　えっ、ええっ、どうして？　待ってね。いま開けます」

言葉どおりにすぐにドアが開いて、美詠子が章介を迎え入れる。

水色のパジャマを着ていて、もちろんまだノーメイク。その無防備な感じがかえって、章介の気持ちを駆《か》り立てる。

「どうしたの？」

「安心して、急用とかじゃないから。ただ、この前、約束をすっぽかしてしまったからね。その罪滅ぼしに来たんだ」

「とにかく、入って……」

出されたスリッパを履《は》いて、美詠子のあとにつづく。

美詠子がリビングに向かったので、その手を引いて、寝室へと彼女を連れていく。

「ちょっと……」

「いいから」

美詠子を乱れたままのベッドに座らせて、その前でコートとスーツを脱いでいく。

「どういうこと？」

「じつは、昨夜、秋山に会った。彼が東京に出張でね。そのとき、聞いたんだ。先日、俺が約束を破って来れなかったとき、美詠子がひどく落ち込んでいたと。会ったらしいね、あの夜、秋山と」

「ええ……すごく寂しくなって、だから……」

「送ってもらったとか……」

「秋山さんが言ったの？」

「ああ……ほんとうかどうかは知らないが、あいつはきみがキスしたと言っていた」

「そんなことまで？」

「ああ、キスしたのか？」

「……したかもしれない」

「あいつ、完全にその気になっていたぞ。きみに惚れたらしい。美詠子はどうなんだ？」

「わたしが秋山さんをどう思っているかってこと？」

「ああ、そうだ」

「素敵な人よ。頼んだ仕事はすごく丁寧にやってくれる。でも、恋愛感情は一切ないわ」

「ほんとうに?」

「もちろん」

「だったら、もう秋山がその気になるようなことはしないでくれ」

「ゴメンなさい。あのときは……」

「その原因を作ったのは俺だ。だから、反省した。もう、美詠子を寂しがらせるようなことはしない」

「それを言いにきたの?」

「ああ、こうするために、深夜バスに乗ってきた。九時間近くもかかったんだぞ……」

章介は美詠子をベッドに押し倒して、馬乗りになった。

キスしようとすると、美詠子がそれを遮《さえぎ》った。

「待って……シャワーを浴びましょ。長時間のバスで汚れたあなたの体をきれいにしてあげる」

美詠子に手を引かれて、章介はバスルームにいく。

脱衣所で美詠子は自分でパジャマを脱いだ。それを見て、章介も裸になる。

章介のイチモツはすでに頭を擡《もた》げている。

それをちらっと見て、美詠子が猛《たけ》りたつものをかるく握って、言った。

「もうカチカチ……そんなにしたかったの？」

「ああ、したかったんだ」

「しょうがない人ね」

美詠子は最後に残されたパンティを足先から抜き取り、先にバスルームに入った。

そして、バスタブのお湯を張るスイッチを押し、シャワーを出して、温度を調節する。

まずは自分がシャワーを浴びて、適温であることを確認し、

「いらして……」

章介をなかに招き入れて、シャワーヘッドをいちばん高いところのフックにかけ、

「一緒に浴びましょ」

章介を導いた。

適温のシャワーの飛沫《しぶき》を浴びて、章介は目を瞑《つぶ》る。

すると、口に何かが触れた。

それは美詠子の唇だった。

美詠子はシャワーの降り注ぐなかで、章介に抱きついて、キスをしているのだった。

その大胆すぎる行為に、股間のものがピクピクと激しく反応した。

と、それがわかったのだろう。

美詠子は唇を合わせながら、章介のそそりたつものを握って、ゆったりとしごいた。

降りかかるシャワーで、二人とも頭からずぶ濡れになり、滴《しずく》がしたたる。

(ああ、やっぱり美詠子が最高だ。これ以上の女はいない)

そう感じたとき、美詠子がシャワーを止めた。

「そこに座って」

章介がプラスチックの洗い椅子に腰かけると、美詠子がスポンジで背中を洗ってくれる。

石鹸を泡立てたスポンジで背中を擦《こす》られると、垢《あか》とともに疲労も取れていくようだ。

やがて、スポンジが前にまわった。

クリーミーな泡が胸板から下腹部へとおりていき、いきりたっているものに触れた。

すると、美詠子はスポンジを置いて、じかに指で石鹸を塗り込んでくる。

ぬるぬるすべすべした石鹸とともに、猛りたっているものを握りしごかれると、章介は羽化登仙《うかとうせん》の心境になった。

「気持ちいい？」

耳元で美詠子が訊いてくる。

「ああ、気持ちいいよ。来てよかった」

「そうよ……章介さんはもっといっぱい来なくちゃいけないの。わかった？」

「ああ、わかった」

そう会話をする間も、美詠子は石鹸まみれの肉柱をリズミカルにしごき、頭部をなぞってくる。

その手が今度は後ろにまわった。

そして、スポンジが章介の尻の谷間を擦《こす》り、泡まみれにすると、美詠子の指がじかに会陰部《えいんぶ》に触れてきた。

「あっ、そこは……」

「気持ち良くない？」

「いいよ、すごく……」

美詠子は蟻《あり》の門渡《とわた》りを丹念《たんねん》に指でなぞり、擦った。シャワーで章介の全身を流すと、

「そこに座って」

バスタブの縁を指さす。

章介は期待を込めて、そこに腰をおろした。

すると、美詠子は前にしゃがんで、臍《へそ》に向かっているものをそっと握る。ゆったりとしごき、茜色《あかねいろ》にてらつく亀頭部《きとうぶ》に、唇を窄《すぼ》めるようにしてやさしいキスをした。それから、顔をあげると、章介を見て言った。

「すごくうれしいの、章介さんに来てもらって……ゴメンなさい、秋山さんにキスして……」

「いいよ、もう……気にしていないから」

章介は言葉を遮る。自分は美詠子という恋人がいながら、三人の女性を抱いてしまっている。到底、美詠子を責められる立場ではない。

美詠子は濡れて水滴のしたたる髪を絞り、かきあげて、顔を横向けながらイチモツにキスをした。

ちゅっ、ちゅっと根元から裏筋に沿って唇を押し当てる。それから、下から舐《な》めあげてくる。

章介の分身は嘶《いなな》き、それを美詠子は上から頰張《ほおば》ってきた。

ぐっと一気に根元まで呑み込み、その状態で舌をからめてくる。

それから、唇を引きあげながら、チューッと吸う。強くバキュームして、美詠子の頰がぺこりと凹《へこ》んだ。

頰骨が浮き出るほど吸われて、章介はますます陶然《とうぜん》としてくる。

肉体的な快楽以上に、美詠子にここまで尽くされているという精神的な悦《よろこ》びのほうが大きかった。

美詠子の唇がゆっくりと往復する。柔らかな唇でしごかれ、舌をからまされると、イチモツが蕩《とろ》けながらふくらんでいくようだ。

美詠子は駄目押しとばかりに、根元を握りしごきながら、唇を亀頭冠《きとうかん》にすべらせる。

快感が急上昇した。

最後に、包皮をぐっと引っ張られて、張りつめた亀頭冠の付け根をつづけざまに刺激されるうちに、章介は我慢できなくなった。

「ありがとう。そろそろ入れたくなった」

訴えると、美詠子はちゅるっと吐き出して、立ちあがった。

3

二人は髪を乾かすのも惜しいとばかりに、タオルで髪を拭いただけの状態で、もつれるようにベッドに倒れ込んだ。

章介は上になって、濡れた髪を撫《な》でさすり、そして、キスをする。

唇を重ね、舌を押し込むと、すぐに美詠子の舌がからんでくる。そればかりか、足を章介にからませて、濡れた陰毛を擦りつけてくるのだ。

(ほんとうにいい女だ。性格もいいし、セックスも好きだ。これ以上の女はいない)

いったんキスをやめて、上から美詠子を見た。

美詠子は濡れた髪を枕に散らして、じっと章介を見あげてくる。

この枕も、亡夫のことを忘れたいのなら、すべての思い出の品を変えたほうがいいという章介の助言どおりに、新しいものに買い換えていた。

(俺は美詠子が自分を愛してくれていることに、胡座《あぐら》をかいていたのかもしれない。それに、逆に遠距離恋愛に甘えていた。逢おうとすればもっとできた)

「どうしたの？」

美詠子が訊いてきた。

「ああ、美詠子はいい女だなと思って……俺にはできすぎた女だ」

「恥《は》ずかしいわ。買いかぶりよ」

「そうじゃないさ」

章介はキスを首すじから乳房へとおろしていく。

直線的な上の斜面を下側の充実したふくらみが持ちあげた乳房は、血管が透《す》け出るほどに白く張りつめていて、乳首も赤くぬめっている。

すでにしこっている乳首に、そっと唇を押し当てると、それだけで、

「あんっ……！」

美詠子はびくっとして、手を口に持っていき、喘《あえ》ぎを封じ込んだ。

(いつもながら、感じやすい身体だ)

章介はそのことに感謝しつつ、まずは周辺を舌でなぞった。

じかに乳首には行かずに、乳輪の少し外を円を描くように舐め、その円周を少しずつ狭《せば》めていく。

こうやって、多少焦《じ》らしたほうが、美詠子は感じる。

ひとりの女と何度もセックスをするのは、いいことだ。回数を重ねるにつれて、相手のことがわかってくる。

どうすればもっと感じるかをさぐっていける。

飽きるというのはおそらく双方の努力が足りないからだ。

むしろ、互いの関係は深くなっていける。信頼が置ければ、多少アブノーマルなことも可能になる。

美詠子とセックスしていると、それがよくわかる。

周囲をなぞって焦らしていると、美詠子はもう我慢できないとでもいうように、

「ぁああ、舐めてください。乳首をじかに……お願いです」

自分から乳首を押しつけてくる。

「しょうがないな」

心にもないことを言い、章介は初めてそこで乳首を舐める。

すでに硬くしこっている突起を静かに上下になぞり、つづいて左右に撥《は》ねる。

連続して弾《はじ》くと、

「ぁあああ……いいの。いい……ぁあああぅぅ」

美詠子は必死に喘ぎを抑えながらも、下腹部をせりあげる。

いつもこうだ。

乳首をかわいがると、美詠子は下腹部にも触れてほしくなって、自分からそこを持ちあげる。ここを触って、とおねだりをするのだ。

こういうとき、すぐに下腹部を触ってはいけない。

これも焦らす。

その間に、左右の乳首をたっぷりと愛撫する。

一方の乳首を舐め転がしながら、もう片方のふくらみを揉《も》みしだく。

ふくらみの柔らかな肉層と、中心の突起の硬い感触の相違が、章介を駆り立てる。

女の乳首はなぜこんなに硬くなるのだろうか。まるで男のペニスのようだ。最初は柔らかく小さいのに、かわいがれば勃起《ぼっき》したようにふくらんで、カチカチになる。

女性の場合は、硬くなった乳首のまわりに柔らかな脂肪の塊《かたまり》があって、その対比がたまらない。

左右の乳首を交互に愛撫すると、美詠子の下腹部がぐぐっ、ぐぐっと持ちあがってきた。

時々、鋭く上下に振ったり、左右に揺すったりする。

この段階でかわいがれば、美詠子は最高に感じるはずだ。

章介は右手を下腹部におろしていく。

左右のぷっくりとした肉びらの狭間《はざま》に中指を押し当てて、かるくノックするようにする。ノックしながら、擦る。

そうしながら、左手では乳房を揉みしだき、乳首を捏《こ》ねる。

すると、蜜が撥ねるチャッ、チャッという音がして、

「ぁあああ、あああぁ、はぅぅぅ……」

美詠子はすっきりした眉《まゆ》を八の字に折って、悩ましい顔をする。

「どうしてほしいの？」

章介はわかっていて訊く。

「……舐めて」

「どこを？」

「……美詠子のアソコを……」

「アソコって？」

「……お、オメコ……いやっ！」

そのものずばりの言葉を口に出してしまい、それを恥じて、美詠子は顔をそむける。

「よく言ったね。ご褒美《ほうび》だ」

章介は移動していって、足の間にしゃがんだ。

膝《ひざ》をすくいあげて、翳《かげ》りの底にしゃぶりつく。

漆黒《しっこく》の翳りの底には、雌花《めばな》が艶《あで》やかに咲いており、その中心部を静かに舐めあげていくと、

「ああああ……！」

美詠子は恥丘をせりあげて、心から気持ちいいという声を洩《も》らす。

だが、美詠子がいちばん感じるのは、狭間ではなくクリトリスだ。

章介は包皮を剥《む》いて、あらわになった肉真珠にキスをする。それから、上下に舐め、左右に撥ねる。

それをつづけていると、美詠子はもうどうしていいのかわからないといった風《ふ》情《ぜい》で、

「ぁああ、ねえ……ねえ」

と、腰をくねらせる。

「どうしたの？」

「ちょうだい」

「何を？」

「……あれを」

「あれって？」

「おチンチン……」

「誰の？」

「あなたの。章介さんの」

「よく言った。最高のご褒美をあげる」

章介は顔をあげて、美詠子の膝をすくいあげた。

イチモツは猛々《たけだけ》しいほどにいきりたっている。

狙いをつけて、ぬかるみに慎重に沈ませていく。狭い入口を切っ先が突破し

て、とても窮屈な肉路をこじ開けていき、

「あはっ……！」

美詠子が両手でシーツを握りしめる。

（ああ、温かい。包み込まれる……）

美詠子のそこはとくに温かいように感じる。膣内《ちつない》の温度が高いのかもしれない。そして、その温かさが男には安らぎになり、快適なのだ。

ずっと、これに包まれていたくなる。

しかも、何もしていない。ただ挿入《そうにゅう》してじっとしているだけなのに、内部の熱い粘膜がざわめくように硬直を締めつけて、奥へ奥へと引きずり込もうとするのだ。

章介は膝の裏をつかんだまま、しばらくその快感に酔いしれた。

馴染《なじ》んできて、ようやく、動きだす。

膝裏をつかんで持ちあげながら、開き、さらに、膝が突かんばかりに押さえつける。

美詠子は無残なまでに足をひろげられ、翳りの底に屹立《きつりつ》を深々と打ち込まれている。その姿が、章介のオスの部分を満足させるのだ。

がっちりと膝裏をつかみ、のしかかるようにして屹立を送り込んでいく。

ずりゅっ、ずりゅっと硬直が熱い滾《たぎ》りを押し広げていき、その摩擦がひどく心地よい。

「あっ……あんっ……あんっ……」

切っ先が奥に届くたびに、美詠子は喘ぐ。

足をM字に開き、乳房をぶるん、ぶるるんと縦に揺らせながら、美詠子は顎《あご》を突きあげて、今にも泣き出さんばかりに顔をゆがめている。

何事にも全力を尽くす美詠子は、セックスも一生懸命にする。絶対に手抜きはしない。

もし男が絶倫だったら、美詠子はそれにもとことんつきあうだろう。

あそこの粘膜がすり切れても、セックスに応じるに違いない。

(いい女だ。俺はこの女を手放してはいけない)

考えてみたら、美詠子とつきあいはじめてから、いろいろなことが上手くまわっている。女性運までついてきた。

だが、それはあくまでも、中心に美詠子がいるから上手くまわるのだ。

知らずしらずのうちに、力が入ってしまう。

膝裏に体重をかけてぐっと押さえ込み、少し持ちあがった膣めがけて、屹立を叩き込んだ。

上から打ちおろしておいて、途中からすくいあげる。

それを繰り返していると、甘美な快感がぐわっとひろがってきた。

さらに体重を乗せたストロークを繰り返していると、美詠子の様子が明らかに変わった。

「あんっ……あんっ……ぁああ、熱いの。熱い……へんよ。へんなの……イクかもしれない。イッちゃうよ」

かわいく訴えてくる。

「いいんだよ。イッても」

「あなたと一緒にイキたい。あなたも出して……ちょうだい」

美詠子が下から見あげてくる。

大きな目が今はどことろんとして焦点を失い、ぼうっと潤《うる》んでいる。

「わかった。出すよ、いいね？」

「はい……ちょうだい」

美詠子が訴えてくる。

白い肌のいたるところが桜色に染まり、濡れた髪が枕に散って肩にも張りついている。

九時間近く長距離バスに乗って、体は疲れていた。

だが、今は射精したい。最愛の女の体内に、自分が作り出した精子を送り込みたい。

その一心で、腰を躍らせた。

ごく自然に、指に力がこもって膝裏に食い込んでいる。

思い切り腰を叩きつけると、奥のふくらみが亀頭冠にからみついてきて、射精前に感じるあの陶酔感《とうすいかん》がせりあがってきた。

その状態で奥歯を食いしばって叩きつけると、

「あんっ、あんっ、あんっ……ぁああ、イキそう……でも、あなたより先にはイキたくないの。一緒よ、一緒に……！」

美詠子が下から潤みきった瞳を向けてくる。

「よし、イクぞ。出すぞ……そうら」

章介は残っている力をすべて使い果たすつもりで、渾身《こんしん》の力で分身を叩き込んだ。

グサッ、グサッと突き刺さっていき、亀頭部が奥を捏ねる。それをつづけていると、いよいよ美詠子がさしせまってきた。

「あんっ、あんっ、あんっ……イクよ。イクよ……いいのね。イクよ……」

「ああ、イクんだ。そうら、俺も出す。おおぉ！」

吼《ほ》えながら強打したとき、

「……イクぅ……やぁあああああぁぁぁぁあ！」

美詠子が嬌声《きようせい》を張りあげて、大きくのけぞった。

膣がオルガスムスの収縮を繰り返すのを感じて、さらにもう一撃押し込んだとき、章介も放っていた。

こういうのを目眩《めくるめ》く瞬間と言うのだろう。

熱い男液をしぶかせながら、章介はかつてないほどの強烈な快感に身を任せていた。

章介は半身を起こし、ベッドのヘッドボードに背中をつけて煙草を吹かしていた。

美詠子は精根尽き果てたのか、いまだにぐったりとして動かない。

それでも、章介が二本目を吸おうとしたとき、美詠子がようやく身体を起こした。ベッドサイドから煙草を取り、細長いメンソールの煙草に火を点《つ》ける。寒いのだろう、上掛け布団を乳房まで引きあげて、美味そうに煙草を吹かす。

(やはり、俺と美詠子は相性がいい)

章介は密かに考えていたことを、口にした。

「結婚しないか?」

「……えっ?」

美詠子が指に煙草を挟んだまま、目を丸くしてこちらを見た。

「結婚しよう」

もう一度、章介は言う。

「それって、プロポーズ?」

「ああ……そうだ」

「……でも、わたしたち遠くに住んでいて、二人とも動けないのよ」

美詠子がもっともな疑問を口にした。

「わかってる。それでもいいんじゃないかって……結婚したからといって、同居しないといけないってことはない。今は別居婚が流行《はや》っているんだぞ」

「じゃあ、結婚しても姫路と東京にお互いに住みつづけるってこと？」

「ああ……それがいいんじゃないかって。でも、今の会社に定年までいるつもりはないんだ。なるべく早く辞めて、会計士をやろうと思っている。じつは、会計士の資格を持っているんだ。独立したら、姫路でもできる。このへんをオフィスにしてもいいだろ？」

「すごい、やった！」

美詠子がはしゃいだ。

「ほんとうなのね？」

「迷っていたんだけど、ついさっき気持ちが決まった。結婚してくれないか？」

「じゃあ、もっときちんとプロポーズして」

「わかった」

章介は煙草を灰皿で消した。美詠子も同じように煙草を消す。

章介はベッドで正座すると、

「美詠子さんを一生かけて幸せにすることを誓います。結婚してください」

おずおずと右手を差し出した。

「わたしでよければ、喜んでお受けします」

そう言って、美詠子が章介の手を握った。

章介はそのまま美詠子を抱きしめる。柔らかな身体が心地よい。

ふと顔をあげると、カーテンが半分開けられた窓から、朝の光に輝く姫路城の幾層にも分かれた白壁がはっきりと見えた。

※この作品は双葉文庫のために書き下ろされたもので、完全なフィクションです。

双葉文庫

き-17-65

艶距離恋愛《えんきよりれんあい》がいい！

2022年10月16日　第1刷発行

【著者】
霧原一輝《きりはらかずき》

【発行者】
箕浦克史
【発行所】
株式会社双葉社
〒162-8540 東京都新宿区東五軒町3番28号
［電話］03-5261-4818(営業部)　03-5261-4833(編集部)
www.futabasha.co.jp(双葉社の書籍・コミックが買えます)
【印刷所】
中央精版印刷株式会社
【製本所】
中央精版印刷株式会社

【フォーマット・デザイン】
日下潤一

ISBN978-4-575-52614-1 C0193
Printed in Japan

霧原一輝　マドンナさがし温泉旅

書き下ろし長編
ポカポカエロス

松山、出雲、草津、伊香保、婚活旅をする男ヤモメの倫太郎、54歳。聞き上手だから各地で「身の下」相談に。GO TO湯けむり美女！

霧原一輝　蜜命係長と島のオンナたち

書き下ろし長編
ヤリヤリ出張エロス

会長の恩人女性をさがせ！　閑職にいる係長に出世の懸かった密命が下る。手がかりはなんとイク時だけ太股に浮かぶという蝶の模様だけ！

霧原一輝　PTA会長は官能作家

書き下ろし長編
夜の活動報告エロス

山村優一郎は突然、小学校のPTA会長に推挙された。なってみると奥様方の派閥争いに巻き込まれ、肉弾攻撃にチンコが乾くヒマもない！

霧原一輝　部長夫人と京都で

書き下ろし長編
イケない古都
しましょエロス

頼りない男で童貞の23歳、小谷翔平は部長の家で奥さんと懇ろになり、ついには秋の京都へ不倫旅行。その後、まさかまさかの展開が！

霧原一輝　蜜命係長と女スパイ

書き下ろし長編
企業秘蜜に
カラダを張れエロス

リゾート開発プランがハニートラップによって盗まれた！　かくなる上はハニトラを逆トラップにかけるまで！　刺客はどの美女だ？

霧原一輝　オジサマが好き♡

オリジナル長編
中年のモテ期エロス

「がっつかないところや舐め方が丁寧なのが好き！」体力的に止むに止まれぬスローセックスが逆に美点に！　あ〜、オジサンでよかった！

霧原一輝　鎌倉の書道家は未亡人

書き下ろし長編
長編やわ筆エロス

空港でのスーツケース取り違えがきっかけで美しすぎる未亡人書道家と出会った祐一郎は北陸の秘境宿でついに一筆入魂、カキ初めする！